时代楷模吕建江

公安部宣传局 编

群众出版社
·北京·

图书在版编目（CIP）数据

时代楷模吕建江/公安部宣传局编.—北京：群众出版社，2018.5
ISBN 978-7-5014-5815-8

Ⅰ.①时… Ⅱ.①公… Ⅲ.①中国文学—当代文学—作品综合集 Ⅳ.①I217.2

中国版本图书馆CIP数据核字（2018）第084647号

时代楷模吕建江

公安部宣传局 编

出版发行：群众出版社
地　　址：北京市丰台区方庄芳星园三区15号楼
邮政编码：100078
经　　销：新华书店
印　　刷：北京市泰锐印刷有限责任公司
版　　次：2018年5月第1版
印　　次：2018年5月第1次
印　　张：9
开　　本：880毫米×1230毫米　1/32
字　　数：164千字
书　　号：ISBN 978-7-5014-5815-8
定　　价：36.00元
网　　址：www.qzcbs.com
电子邮箱：qzcbs@sohu.com

营销中心电话：010-83903254
读者服务部电话（门市）：010-83903257
警官读者俱乐部电话（网购、邮购）：010-83903253
啄木鸟杂志社电话：010-83903494

本社图书出现印装质量问题，由本社负责退换
版权所有　侵权必究

前　言

迈进新时代，开启新征程。习近平总书记指出："不忘初心，方得始终。中国共产党人的初心和使命，就是为中国人民谋幸福，为中华民族谋复兴。"这是中国共产党的红色基因，是一代代共产党人的血脉传承，也是新时代共产党员的历史担当。

吕建江——河北省石家庄市公安局安建桥综合警务服务站原主任，就是这样一个视人民利益高于一切的优秀共产党员代表。

2004年，吕建江同志从部队转业参加公安工作，十三年如一日扎根基层，不忘初心，牢记使命，千方百计为群众排忧解难，用满腔赤诚践行了对党忠诚的坚定信念，用无私奉献书写了人民公安为人民的壮丽凯歌，赢得了人民群众的衷心爱戴，被誉为"为民服务的好民警"。

"时代楷模"吕建江

2017年12月1日,吕建江同志因积劳成疾,不幸去世。消息传开,社会各界广泛关注,上千名群众自发为他送别,数十万网友在网上深情追思、沉痛悼念。

吕建江同志牺牲后,中共中央宣传部追授他"时代楷模"称号,公安部追授他"全国公安系统二级英雄模范"称号,河北省委组织部追授他"全省优秀共产党员"称号,公安部、河北省委省政府组织开展向吕建江同志学习活动。

斯人已逝,风范长存。吕建江同志的先进事迹,生动践行了习近平总书记"对党忠诚、服务人民、执法公正、纪律严明"总要求。他在人们心中树起了一座不朽的丰碑,必将激励全国广大党员和全国公安民警紧密团结在以习近平同志为核心的党中央周围,攻坚克难、砥砺奋进,在新时代的伟大征程上书写新答卷,铸就新辉煌。

目 录

讲话·决定

郭声琨会见吕建江同志先进事迹报告团时强调：
  永葆忠诚本色　牢记初心使命　努力创造
  无愧于新时代的新业绩………………………（ 3 ）
在吕建江同志先进事迹报告会上的讲话 … 赵克志（ 5 ）
中共中央宣传部关于追授吕建江同志"时代楷模"
  称号的决定………………………………………（ 11 ）
关于追授吕建江同志全国公安系统二级英雄模范
  的命令……………………………………………（ 13 ）
公安部作出向吕建江同志学习的决定………………（ 15 ）
中共河北省委组织部关于追授吕建江同志
  "全省优秀共产党员"称号的决定 ……………（ 17 ）

通讯·评论

◇通讯

一心为民　一直在线
　　——追记石家庄市公安局桥西分局原安建桥
　　　警务站主任吕建江 ………………… 倪　弋（23）

老吕，还想听你再叨叨
　　——追记全国优秀人民警察、石家庄市公安局
　　　桥西分局民警吕建江 ………… 史自强（29）

为民服务"不下班"
　　——追记全国优秀人民警察吕建江
　　………………… 闫起磊　杨　帆（35）

"老吕叨叨"本是兵
　　——追记模范军队转业干部、石家庄市公安局
　　　民警吕建江 …………………… 邵　薇（40）

一心为民的"叨叨警"
　　——追记好警察吕建江 …… 彭景晖　耿建扩（49）

榜样力量激励前行
　　——"时代楷模"吕建江事迹引起社会反响
　　………………… 耿建扩　龙　军等（57）

创新诠释时代使命　为民坚守公安初心
　　——追记石家庄市公安局安建桥警务站主任
　　　吕建江 …………………… 周宵鹏（61）

目 录

群众身边24小时"在线"的好民警
　　——追记石家庄市公安局安建桥警务站主任
　　　吕建江 ………………………… 刘子阳（68）
"老吕叨叨"走了，留下那张总被百姓念叨的笑脸
　　——追记石家庄市公安局桥西分局安建桥警务站
　　　原主任吕建江（上）… 周旭亮　张建林（73）
"老吕叨叨"没走，已让微笑盛开在每一位群众的脸上
　　——追记石家庄市公安局桥西分局安建桥警务站
　　　原主任吕建江（下）… 周旭亮　张建林（80）
一生追求，只为百姓平安幸福
　　——"时代楷模"吕建江先进事迹发布活动侧记
　　　………………………… 周旭亮　赵晓渊（86）
不忘初心写赤诚　为民服务不停歇
　　报告团成员深情讲述"为民服务的好民警"
　　　吕建江 ………………… 周旭亮　任天行（92）
让楷模精神成为一种信仰
　　吕建江先进事迹在河北引起强烈反响
　　　………………… 张建林　谌　璐　臧新茂（99）
"老吕叨叨"永不下线　为民初心感动社会
　　"时代楷模"吕建江先进事迹引发媒体和网友
　　　热切关注 ……………… 王文硕　吴昊坤（104）
坚定理想信念　履行好新时代职责使命
　　"时代楷模"吕建江同志先进事迹报告会在警营
　　　引起强烈反响 …………… 李　军　许一航（112）

— 3 —

牢记初心使命　做服务人民的排头兵

　　吕建江同志先进事迹引发公安系统"时代楷模"

　　　强烈反响 ………………… 王旭东　胡　杰等（117）

"不下班的民警"吕建江…………………… 翟楠楠（121）

"把老吕的精神传承下去"

　　——清明期间社会各界悼念人民好警察吕建江

　　………… 尹翠莉　张怀琛　刘荣荣（126）

◎评论

真情和担当镌刻丰碑 ………………………… 乙　智（130）

感悟吕建江的平凡与伟大 …………………… 王居野（132）

像吕建江那样做一个纯粹的人 ……………… 边建军（136）

在平凡的岗位上坚守初心使命 … 法制日报评论员（139）

在平凡中闪耀忠诚为民之光 …… 法制日报评论员（142）

微笑，人间最美的表情 ……………………… 周旭亮（145）

深入学习宣传吕建江先进事迹　凝聚起奋斗新时代的

　　精神力量 ………………… 中国警察网评论员（147）

一名警察的"小叨叨"与为人民服务大命题

　　…………………………………… 蔡晓辉（150）

不忘初心　牢记使命　新时代需要千千万万个吕建江

　　………………………………… 河北日报评论员（153）

读懂吕建江的"第一身份" …… 河北日报评论员（157）

弘扬吕建江的担当精神 ………… 河北日报评论员（160）

感悟吕建江的为民情怀 ………… 河北日报评论员（163）

访谈录

严爱国：为民解忧　一份初心写赤诚……………（169）

王永辉：待明年再看海棠花开…………………（173）

崔利平：老吕！下辈子，换我来保护你…………（179）

乔民：光荣在于坚守………………………………（184）

吕建江同志先进事迹报告会报告词

吕建江同志先进事迹报告会报告词之一
不变的军人本色　……吕建江同志的战友　付云川（191）

吕建江同志先进事迹报告会报告词之二
我们的"吕村长"
　　…石家庄市桥西区留村社区治保会主任　张志杰（196）

吕建江同志先进事迹报告会报告词之三
用责任诠释忠诚
　　……石家庄市公安局桥西分局政委　高文华（201）

吕建江同志先进事迹报告会报告词之四
他把生命化作无尽的爱
　　……………吕建江同志的妻子　崔利平（206）

吕建江同志先进事迹报告会报告词之五
民心深处有丰碑　…河北广播电视台记者　温丽丽（211）

报告文学·诗歌

◇报告文学

坚 持 …………………………………… 杨辉素（219）
"老吕叨叨"永远在线…………………… 陈 晨（234）

◇诗歌

四月，我走进了春天的内心（组诗）…… 苏雨景（243）
吕建江：四季的四种特写 ……………… 蝈 蝈（248）
和老吕叨叨几句
　　——致敬"时代楷模"吕建江 ……… 李国强（253）
今夜你将满天的星星点亮 ……………… 徐国志（258）
春天，在石家庄喊一个警察的名字 …… 许 敏（264）
如极光绚丽中华大地 …………………… 夏晓露（269）

编后记 ………………………………………（272）

讲话·决定

郭声琨会见吕建江同志先进事迹报告团时强调

永葆忠诚本色　牢记初心使命
努力创造无愧于新时代的新业绩

"时代楷模"、河北省石家庄市公安局桥西分局原安建桥综合警务服务站主任吕建江同志先进事迹报告会19日在北京人民大会堂举行。报告会前,中共中央政治局委员、中央政法委书记郭声琨会见了吕建江同志亲属及报告团成员。他强调,各级政法机关和广大政法干警要深入学习贯彻习近平新时代中国特色社会主义思想,永葆忠诚本色,牢记初心使命,把榜样力量转化为推动政法事业发展的生动实践,努力创造无愧于新时代的新业绩。

郭声琨指出,吕建江同志用实际行动践行了习近平总书记提出的"对党忠诚、服务人民、执法公正、纪律严明"的总要求,是新时代政法干警的杰出代表。他有一颗对党绝对忠诚的红心,始终牢记自己的第一身份是共产党员,第一职责是为党工作;有一颗为百姓办实事的初心,用智慧和汗水换来了辖区的平安和谐；有一颗勇于开拓创新的匠心，运用"面对面"与"键对键"相结合的警务工作方式服务群众；有一颗舍小家顾大家的公心，从不用手中的权力谋取私利。各级政法机关和广大政法干警要深入学习吕建江同志的先进事迹和崇高精神，强化"四个意识"、坚定"四个自信"，自觉把以人民为中心作为工作的出发点和落脚点，脚踏实地、埋头苦干，以新作为新担当建功新时代。

国务委员、公安部部长赵克志参加会见并在报告会上讲话。中央政法委秘书长陈一新，公安部分管日常工作的副部长王小洪，中宣部副部长庄荣文，中央政法委副秘书长景汉朝，中央纪委驻公安部纪检组组长邓卫平，河北省委常委、宣传部部长焦彦龙，省委常委、政法委书记董仚生，副省长、公安厅厅长刘凯参加会见。（张耀宇）

（原载《人民公安报》2018年4月20日）

在吕建江同志先进事迹报告会上的讲话

赵克志

同志们：

今天，中央宣传部、中央政法委、公安部和河北省委一起，在庄严的人民大会堂举行吕建江同志先进事迹报告会，缅怀吕建江同志短暂而光辉的一生，学习吕建江同志的先进事迹和优秀品质，这对于深入学习贯彻党的十九大和十九届一中、二中、三中全会精神，以习近平新时代中国特色社会主义思想为指导，高扬主旋律、传播正能量，激励广大公安民警积极投身新时代中国特色社会主义伟大实践，凝聚中华民族同心共筑中国梦的磅礴力量，为决胜全面建成小康社会、实现"两个一百年"奋斗目标和中华民族伟大复兴的中国梦而不懈奋斗，具有重要意义。会前，中共中央政治局委员、中央政法委书记郭声琨同志亲切会见了报告团全体成员并作了重要讲话，高度评价了吕建江同志的感人事迹和崇高精神，要求全国政法机关和广大政法干警向吕建江同志学习，矢志不渝为党和人民事业而奋斗，我们要认真学习领会、抓好贯彻落实。刚才，报告团五位同志分别从不同侧面、不同角度生动介绍了吕建江同志的先进事迹，使我们受到了一次强烈的心灵震撼和深刻的思想洗礼。我们既为失去这样一位好战友、好同志而深感痛惜，更为公安队伍中涌现出这样一位先进典型和时代楷模而倍感自豪！

公安队伍是一支有着光荣传统和优良作风的队伍，也是一支英雄辈出、正气浩然的队伍。党的十八大以来，在以习近平同志为核心的党中央坚强领导下，全国公安机关和广大公安民警牢固树立"四个意识"，认真学习贯彻习近平新时代中国特色社会主义思想和习近平总书记关于公安工作的系列重要指示精神，牢牢把握对党忠诚、服务人民、执法公正、纪律严明"四句话、十六字"总要求，不忘初心、牢记使命、锐意进取、扎实工作，确保了国家安全和社会大局持续稳定，为推进平安中国和法治中国建设作出了重要贡献，涌现出一大批英雄模范和先进典型，吕建江同志就是其中的杰出代表。长期以来，吕建江同志怀着对党和人民事业的无限忠诚，始终把人民放在心中最高位置，扎根基层、无私奉献，满腔热忱、服务人民，在平凡的工作岗位上做出了不平凡的业绩，被群众誉为"网上雷锋"和"新时代的马天民"。吕建江同志短暂而光辉的一生，充分体现了一名共产党员对党忠诚、为民奉献的优秀品格，生动诠释了一名人民警察不忘初心、忠诚使命的价值追求，为全国公安机关和广大公安民警树立了学习榜样。各级公安机关要深入学习贯彻党的十九大和十九届一中、二中、三中全会精神，以习近平新时代中国特色社会主义思想为指导，紧密结合深入推进"两学一做"学习教育常态化制度化和即将开展的"不忘初心、牢记使命"主题教育，迅速掀起向吕建江同志学习的热潮，把吕建江同志先进事迹作为生动鲜活的教材，教育广大公安民警以吕建江同志为榜样，弘扬英模精神，传承优良作风，锐意奋发进取，矢志不渝奋斗，努力以人民群众满意的新担当新作为，切实担负起党和人民赋予的新时代职责使命。

向吕建江同志学习，就是要学习他对党忠诚、信念坚定的政治本色。回顾吕建江同志的一生，从太行山村走进省会城市、从部队卫生所来到警务服务站，不管环境如何变化、岗位如何调整，他始终把坚定的理想信念放在第一位，把党和人民的利益置于心中最高位置，时刻牢记自己是一名共产党员、是一名公安民警，赤胆忠心、忘我工作，生命不息、奋斗不止，直至生命最后一刻。广大公安民警要像吕建江同志那样，增强"四个意识"，坚定理想信念，铸牢忠诚警魂，把对党忠诚、为党分忧、为党尽职、为民造福作为根本政治担当，切实做到忠诚核心、拥戴核心、维护核心、捍卫核心，坚决维护习近平总书记党中央的核心、全党的核心地位，坚决维护以习近平同志为核心的党中央权威和集中统一领导，永葆共产党人的政治本色，矢志不渝做新时代中国特色社会主义事业的建设者捍卫者。

向吕建江同志学习,就是要学习他不忘初心、为民奉献的公仆情怀。自参加公安工作以来,吕建江同志一贯秉承"为人民做点事就是人民警察价值所在"的理念,牢记人民公安为人民的初心和使命,始终坚持把人民群众的安危冷暖挂在心上,事事为群众着想,处处为群众操心,千方百计帮助群众解决难事、琐事、烦心事。他十三年如一日,以社区为家,视群众如亲人,走街串巷、登门入户,不厌其烦、不辞辛苦,竭尽全力帮助困难群众,真正把工作做到了人民群众的心坎上,赢得了人民群众的真心拥戴。广大公安民警要像吕建江同志那样,深入践行以人民为中心的发展思想,牢记人民公安为人民的初心和使命,积极顺应人民群众对美好生活向往的新期待,坚持从人民满意的事情做起、从人民不满意的事情改起,进一步加强和改进服务群众的各项工作,切实把以人民为中心的发展思想落实到公安工作的方方面面,不断增强人民群众的获得感、幸福感、安全感。

向吕建江同志学习,就是要学习他与时俱进、锐意进取的创新精神。吕建江同志思想解放、善于创新,积极适应新形势下社区警务工作的规律特点,充分利用现代网络信息手段,创建了河北省第一个网上警务室、第一个警方公益网站,开通了全省第一个民警新浪实名微博、第一个民警微信公众号,首创了防老人走失"黄手环",推出了"代码移车卡",为群众送平安、送法律、送服务,被群众亲切地称为"不下班的民警",成为新媒体时代善于运用互联网服务群众的"网络达人"和"民警大V"。广大公安民警要像吕建江同志那样,善于学习、勇于创新,传承发扬新时代"枫桥经验",坚持把传统有效的工作方法与互联网、大数据等新科技手段应用有机结合起来,不断拓展新时代做好群众工作的新思路,着力提升行政管理服务效能和基层基础工作水平,进一步夯实公安工作的深厚群众根基。

向吕建江同志学习,就是要学习他公正执法、依法办事的价值追求。吕建江同志从警十三年来,先后担任社区民警、派出所副所长、综合警务服务站主任,始终处在基层执法服务第一线。无论在哪个岗位上,他都坚持秉公执法、依法办事,做到以法为据、以理服人、以情感人,坚决维护法律的权威和尊严,努力让人民群众感受到公平正义,赢得了人民群众的信任。广大公安民警要像吕建江同志那样,始终坚守维护社会公平正义的价值追求,切实增强严格依法履行职责的观念、法律面前人人平等的观念、尊重和保障人权的观念,做到尊法学法守法用法,坚持严格规范公正文明执法,不断提高运用法治思维和法治方式化解矛盾、维护稳定的能力,着力提升执法素养、执法水平和执法公信力,为深化依法治国实践、推进法治中国建设作出应有的贡献。

向吕建江同志学习,就是要学习他淡泊名利、清正廉洁的职业操守。吕建江同志常说,自己的底线是绝不能给党徽警徽抹黑。不管工作岗位如何调整，他始终保持共产党人的清风正气和公安民警的高尚情操，严以律己、一身正气，清清白白做人、干干净净做事，从来没有为一己之私向组织提过要求，从来没有利用手中的权力为自己和家人谋取利益。他生活简朴、两袖清风，却对辖区困难群众屡屡慷慨解囊，甘愿自掏腰包创办便民利民网络平台。广大公安民警要像吕建江同志那样，牢固树立正确的世界观、价值观、人生观，坚持为政不移公仆之心、用权不谋一己之利、立身不忘做人之本，严格执行中央八项规定和廉洁从警各项纪律要求，知敬畏、存戒惧、守底线，永葆公安民警的职业操守和浩然正气。

同志们，人民公安事业神圣而光荣，党和人民对我们寄予厚望。让我们紧密团结在以习近平同志为核心的党中央周围，以习近平新时代中国特色社会主义思想为指导，以吕建江同志为榜样，进一步坚定信心、振奋精神，锐意进取、扎实工作，奋力开创新时代公安工作新局面，为决胜全面建成小康社会、夺取新时代中国特色社会主义伟大胜利作出新的更大贡献！

（原载《人民公安报》2018年4月20日）

中共中央宣传部关于追授吕建江同志"时代楷模"称号的决定

（2018年4月17日）

吕建江生前是河北省石家庄市公安局桥西分局安建桥综合警务服务站主任。他由部队转业从警十三年来，始终牢记使命，忠诚担当，无论在哪个岗位都认真履职尽责，模范践行共产党员的初心和使命；他扎根基层一线，将群众的冷暖安危放在心头，为民解忧止纷，守护平安；他坚持求实创新，积极探索创建网上服务平台，便捷警民沟通，在平凡的岗位上干出了不平凡的业绩，赢得了人民群众的信任和赞誉。2017年12月1日，吕建江同志因积劳成疾突发心脏病去世，年仅47岁。

吕建江同志是新时代广大党员干部和公安干警的楷模。他以自己的实际行动践行了习近平总书记对全国公安机关和公安队伍提出的"对党忠诚、服务人民、执法公正、纪

"时代楷模"吕建江

律严明"的总要求,诠释了人民公安为人民的铮铮誓言。为宣传弘扬他的先进事迹和崇高精神,中共中央宣传部决定,追授吕建江同志"时代楷模"称号,号召广大党员干部和公安干警向他学习。

(摘编自央视"时代楷模"发布会)

扫码观看
"时代楷模"发布会

关于追授吕建江同志全国公安系统二级英雄模范的命令

公奖字〔2018〕8号

河北省公安厅：

你省石家庄市公安局桥西分局安建桥综合警务服务站主任吕建江同志，自2004年从部队转业参加公安工作以来，扎根基层一线，不忘初心、牢记使命，顽强拼搏、无私奉献，在平凡的岗位上做出了不平凡的业绩。他忠实履行职责，接处警及时高效，治安防范措施到位，担任警务站主任六年来共抓获犯罪嫌疑人100余名，调解纠纷1100余起，有力地维护了一方平安。他牢记全心全意为人民服务的宗旨，积极探索互联网时代专门工作与群众路线相结合的新思路、新办法，充分运用信息化手段和新媒体平台，不断拓展延伸群众工作的载体和渠道，先后实名开设网上警务室、新浪微博、微信公众平台等，千方百计为群众排忧解难，做了大量好事、实事，赢得了群众的广泛赞誉，被亲切地称为"叨叨哥"、"不下班的民警"。他牢固树立正确的权力观、人生观和价值观，不追名、不逐利，一身正气、两袖清风，把全部身心都投入到工作中，以实际行动树立了共产党员和人民警察的良好形象。他曾先后荣立个人二等功1次、三等功2次，并被评为全国优秀人民警察和河北省模范军队转业干部、最美政法干警、十大法治人物等。2017年12月1日，吕建江同志因突发疾病，经抢救无效不幸去世，年仅47岁。

特命令：追授吕建江同志全国公安系统二级英雄模范，颁发奖章和证书，奖励人民币5万元。

2018年1月27日

公安部作出向吕建江同志学习的决定

公安部日前作出向吕建江同志学习的决定,号召全国公安机关和广大民警深入学习吕建江同志先进事迹,奋力开创新时代公安工作新局面,切实担负起为新时代中国特色社会主义保驾护航、做新时代中国特色社会主义建设者捍卫者的重大职责使命。

决定指出,吕建江同志用实际行动践行了习近平总书记提出的"对党忠诚、服务人民、执法公正、纪律严明"总要求,诠释了一名人民警察对党和人民的无限忠诚,是近年来公安机关涌现出的优秀民警代表,是全国公安机关和广大公安民警学习的楷模。

决定号召全国公安机关和广大民警向吕建江同志学习,要学习吕建江同志对党忠诚、信仰坚定的政治品格,永葆对党忠诚政治本色;要学习吕建江同志不忘初心、竭诚为

"时代楷模"吕建江

民的高尚情怀,自觉践行以人民为中心的发展思想;要学习吕建江同志英勇无畏、公正执法的担当精神,不断提高执法能力和水平;要学习吕建江同志甘守清贫、淡泊名利的职业操守,始终做到清正廉洁。

决定要求,全国公安机关要把向吕建江同志学习活动与贯彻党的十九大和十九届一中、二中、三中全会精神结合起来,与即将开展的"不忘初心、牢记使命"主题教育结合起来,与学习贯彻中央政法工作会议和全国公安厅局长会议精神结合起来,切实加强组织领导,精心部署、周密组织,迅速掀起向吕建江同志学习的热潮。要通过扎实开展向吕建江同志学习活动,教育激励广大民警积极适应中国特色社会主义进入新时代、我国社会主要矛盾发生新变化对公安工作提出的新要求,紧紧围绕不断增强人民群众获得感、幸福感、安全感的总目标,深入贯彻党的十九大精神和习近平新时代中国特色社会主义思想,牢牢把握"四句话、十六字"总要求,以时不我待、只争朝夕的精神状态和一往无前的奋斗姿态,锐意进取,扎实工作,努力为决胜全面建成小康社会、夺取新时代中国特色社会主义伟大胜利作出新的更大贡献。(石杨、时晨)

(原载《人民公安报》2018年4月18日)

中共河北省委组织部关于追授吕建江同志"全省优秀共产党员"称号的决定

冀组发〔2018〕1号

　　吕建江,男,汉族,1970年4月出生,1989年3月入伍,1994年11月加入中国共产党,2004年3月参加公安工作。2017年12月1日,因劳累过度、积劳成疾,突发心脏病去世,年仅47岁。生前系石家庄市公安局桥西分局安建桥综合警务服务站主任,一级警督警衔,曾荣立个人二等功1次、三等功2次,荣获"全国优秀人民警察"、"全省公安系统先进个人"、"全省模范军队转业干部"、"全省公安机关优秀共产党员"等荣誉称号。

　　吕建江同志从警十三年来,始终奋战在公安基层一线,一以贯之为群众解难事、办实事、做好事,在平凡的岗位上做出了不平凡的成绩,用实际行动践行全心全意为人民服务宗旨,深受群众爱戴和赞扬,体现了对党的绝对忠诚。他穿街走巷、登门入户,宣传防范知识,加强治安巡逻,化解矛盾纠纷，滂沱大雨中花六个小时把迷路老人送回家，用聊天的方式成功挽救意欲自杀的花季少女。他负责的安建桥综合警务服务站基础工作扎实、接处警及时高效、治安防范措施到位、为民服务热情周到，被石家庄市公安局评为"全市优秀公安基层单位"和"五星级警务站"。他积极探索新媒体时代社区警务工作规律特点，创建了全省第一个网上警务室、第一个警方公益网站，开通了第一个民警新浪实名微博、第一个民警微信公众号，首创了防老人走失"黄手环"，推出了"代码移车卡"。几年来，吕建江同志编发博文17357篇，拥有粉丝28458名，为群众寻回和发还物品600余件、现金及借款单合计金额200余万元，帮助寻找走失者50多人……他八小时内在岗在位履职尽责，八小时外驻守网络延伸服务，被群众和网民亲切称作"网上雷锋"、"不下班的民警"。

吕建江同志是不忘初心、牢记使命的时代先锋，是对党忠诚、服务人民、执法公正、纪律严明的新时代楷模，是军队退役人员的先进典型，是扎根基层、甘于奉献的优秀代表，是尽忠职守、建设平安河北的杰出榜样。经省委研究，省委组织部决定，追授吕建江同志为"全省优秀共产党员"，并在全省开展向吕建江同志学习活动。

省委组织部号召，全省各级党组织和党员干部要学习吕建江同志不忘初心、牢记使命和对党忠诚的政治品质，学习他坚定的理想信念和自觉服务群众的为民情怀，学习他公正文明执法、依法办事的价值取向，学习他清正廉洁、敬业奉献的优良作风。

全省各级党组织和党员干部要把学习吕建江同志先进事迹与深入学习贯彻党的十九大精神和习近平新时代中国特色社会主义思想紧密结合起来,与推进"两学一做"学习教育常态化制度化和"不忘初心、牢记使命"主题教育紧密结合起来,紧密团结在以习近平同志为核心的党中央周围,高举中国特色社会主义伟大旗帜,认真贯彻落实省委、省政府的各项决策部署,以吕建江同志为榜样,不忘初心、牢记使命,锐意进取、苦干实干,为决胜全面建成小康社会,不断开创新时代全面建设经济强省、美丽河北新局面作出新的更大贡献。

2018 年 1 月 15 日

中宣部追授吕建江同志"时代楷模"奖章

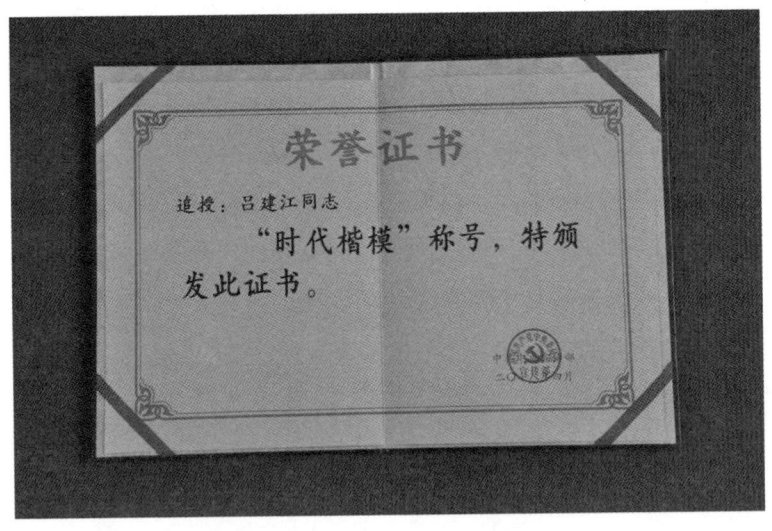

中宣部追授吕建江同志"时代楷模"称号证书

通讯·评论

一心为民 一直在线

——追记石家庄市公安局桥西分局原安建桥警务站主任吕建江

倪 弋

2017年12月3日,河北省石家庄市殡仪馆内哀乐低回,一千五百余名群众和警察冒着冬日严寒赶来送他最后一程。在他生前工作的地方,至今仍有群众不时送来束束菊花,寄托深深哀思。

他就是石家庄市公安局桥西分局原安建桥警务站主任吕建江——一位十三年如一日扎根基层、为民服务,被老百姓称作"不下班的好民警"。2017年12月1日,吕建江突发心脏病去世,年仅47岁。

"老百姓的事都是分内事"

吕建江毕业于第四军医大学,是不折不扣的"高才生"。2004年,吕建江从部队转业到石家庄市公安局,成为汇通派出所留村社区一名普通的社区民警,在基层公安工作一干就是十三年。当时的留村社区是石家庄市治安较差的片区之一,人口流动性大,管理起来难度不小。陌生的工作环境和领域,着实让吕建江这名警营"新兵"吃了不少苦头。

实心眼儿的吕建江使出"笨办法":当时所里的人员编成了四个班,不管轮到哪个班出警,只要有空,他都跟着去,学老民警怎么调解纠纷、怎么处置治安问题,很快他就成了"社区大学"的高才生,开始独当一面。操着一口不太标准的普通话,他每天在社区走街串巷,忙着家长里短。东家有了纠纷,他撂下饭碗就去说和;西家养的牲口不见了,他骑上自行车就去帮忙找;有人来办事,他总是笑眯眯地耐心讲解,贴心地把群众当家里人。

吕建江十三年从警生涯里,并不只是家长里短和走街串户,也有惊心动魄的"生死时刻"。

2007年的一天,汇通派出所辖区联通宿舍一名居民报警,邻居家有刺鼻的煤气味。吕建江和同事岳占辉接警后第一时间到达现场,发现一名十多岁的女孩儿在家中割腕并开煤气自杀,屋内一片狼藉、地上血迹斑斑。吕建江伸手去探女孩儿的鼻息,已经奄奄一息……

救人!吕建江当机立断,将女孩儿一口气从四楼背到了楼下的路边通风处,对女孩儿进行人工呼吸和心肺复苏按压,直到急救车赶到……女孩儿的父亲专门找到吕建江表示谢意,还向他深深鞠了一躬。

慢慢地,"有事找吕建江"在石家庄群众中广为流传,

通讯·评论

当生命与使命相连,当"小家"与"大家"交集,
吕建江把他的生命化为无尽的爱,笑对人生

许多群众甚至跨区域专程来找他咨询和办理业务。吕建江总向同事们说:"老百姓的事都是分内事,可不能划片。"仅担任安建桥警务站主任的六年里,他就带领同事们抓获犯罪嫌疑人200多名,调解纠纷1600多起,为群众找回和发还物品600多件、现金及借款单合计金额200余万元。

"为人民服务,就得永远保持在线"

吕建江曾说:"网络是虚拟的,服务百姓却是实实在在的。无限的网络可以把我们为人民服务的'手臂'和'腿脚'无限延伸。为人民服务,就得永远保持在线。"吕建江在工作中勤于思考,不断运用互联网为民服务。

有天大雨,一位群众来办户口,因为搞不清手续,来来回回已经跑了六七趟。"不能总让老百姓来回跑腿啊!"吕建江知道后心里堵得慌,开始琢磨办一个网上警务室,把业余时间都耗在学做链接、做网页上,一番苦功夫之下,这个"门外汉"愣是成了网络行家。2009年2月,河北全省首个网上警务室——留村社区网上警务室办起来了。

打开网上警务室,警务公开、通知通报、有话您说等几个板块一目了然。吕建江把落户、更名、办证等常办业务需要的资料都列出来,内容详细到在哪下载申请表、用什么纸打印、用什么颜色的墨水填写,为群众办事带来了便利。

2011年9月,吕建江来到安建桥警务站工作,他看到使用微博的人越来越多,便开通了河北省首个民警实名微博

"老吕叨叨"。细心的他将微博内容按不同话题分门别类,如"老吕问问"、"老吕帮找"、"老吕招领"。孩子落户准备哪些材料、丢失物品去哪里登记、在哪儿办理驾驶证换证……打开吕建江的微博,网友的问题五花八门,他的回答细致全面、不厌其烦。直到去世前,他的微博粉丝数达28458名,累计发表博文17357篇,平均每天发表博文约7条。

"没有吕叔,我早就不在这个世界上了。"吕建江追悼会当天,一位山西姑娘凌晨就从太原出发,天还没亮就赶到了石家庄,只为见救命恩人最后一面。三年前的一天,这位姑娘微博私信咨询吕建江"怎么自杀救不活"。吕建江察觉到她有自杀倾向后,在私信里苦苦劝说四个多小时,直到女孩儿答应"听叔叔的话"放弃轻生的念头。

吕建江十三年的"警察故事"里,记录了河北警界网络服务群众的多个第一:2012年,他创办了第一个警方公益网站"石家庄失物招领网",如今该网站已经升级拓展为"河北省失物招领网";2013年,他开发了第一个"代码移车卡"平台;2014年,他又开通了首个民警个人微信公众平台"石门叨叨警"……

"人民警察最大的财富就是群众信任咱"

吕建江的家并不宽裕,全家至今仍住在石家庄滨河街一套小两居里。电视柜掉了漆也没舍得换,除了冰箱、彩电、洗衣机,没什么其他值钱的家用电器。吕建江总说:

"人民警察最大的财富就是群众信任咱。不能为挣钱就砸了咱的招牌!"吕建江的警衔是一级警督,所负责的警务站辖区面积也不小,但从没用手中权力为自己谋一点儿私利。面对金钱诱惑,吕建江有底线;在秉公执法上,吕建江同样有底线。从警十三年,吕建江无一次被群众投诉,接处警案件无一起复议。

他对辖区里的困难群众,却是尽心竭力地帮助。

2004年,辖区困难户丁忠光刚搬到留村公婆买的房子里暂住,一家三口靠着丈夫一千多元钱的工资生活。吕建江主动让丁忠光"有难处就找他"。丁忠光本以为"人家就是客套客套",可没过几天,吕建江就帮她从留村街上争取了一块两米长的摊位。"那块地方不大,位置不错,一个月村里就收我三十块钱管理费,一个月能省出一二百,日子松快多了。"2006年前后,摆摊收入减少,吕建江又给丁忠光联系了到留村一家网吧干保洁的工作,一个月能拿一千五百元。丁忠光领了工钱要请吕建江吃饭,吕建江推辞了:"你快留着好好过日子吧,攒个钱不易……"

如今,安建桥综合警务服务站已更名为"吕建江综合警务服务站",这是河北省首个以民警个人名字命名的警务站。新年元旦,警务站的同事重启"老吕叨叨"微博,接续吕建江的方式,持续更新着博文,继续着网上的警务为民服务……

(原载《人民日报》2018年2月1日)

老吕，还想听你再叨叨
——追记全国优秀人民警察、石家庄市公安局桥西分局民警吕建江

史自强

2017年12月初，石家庄的很多市民都发现，那个常出现在警务站、社区、学校附近，总想着帮人解决难题的、胖乎乎的警察同志，不见了身影，他的实名微博"老吕叨叨"也停止了更新。

12月1日，因突发心脏病，年仅47岁的民警吕建江永远离开了。12月3日，一千五百余名群众自发来到石家庄市殡仪馆，顶着寒风，送老吕最后一程。鲜花、啜泣和凝视，化成了对这位普通基层民警深深的感激和敬意。

只要能推动工作，他就想学想试

1989年，吕建江参军入伍，一年后考上了中国人民解放军第四军医大学，毕业后在陕西某部队仓库当了十一年

的军医。2004年3月，吕建江从部队转业到石家庄市公安局，成为桥西分局汇通派出所留村社区的民警。当时的留村社区是石家庄治安较差的片区之一，流动人口多，管理难度大。

　　隔行如隔山，初来乍到的吕建江苦闷了好一阵子。一位老民警提醒他，当片警，要真诚对待百姓，否则工作开展起来就会很难。与吕建江同期转业的同事李明川回忆，"那会儿我们每个人跟一位老民警学习。值班时跟着自己的前辈学，不值班时，吕建江就跟着其他班的前辈学习。"

　　2006年，石家庄搞入户访查。同事王凤丑回忆说，"吕建江查问得特别仔细，还自带相机，给人和车都拍了照。回来后，他又归类整理，说以后要查什么事儿直接调用就行。"

　　只要能推动工作，他就想学想试。2009年，吕建江发现群众因资料不全，办落户手续时常要跑好几趟；张贴在社区的"民警提示"经常被雨打湿、被风刮坏，影响宣传效果。"如果办一个网上警务室，居民不就可以随时查看了吗？"吕建江买书自学，又四处请教。一个多月后，域名为"我是110"的"留村社区网上警务室"正式上网，设有"警务公开"、"通知通报"、"教您一招"等多个服务板块。吕建江在网站公布了自己的联系方式，全天候受理短信求助。

　　2010年，吕建江又在当地率先注册了实名微博"片警吕建江"，后更名为"老吕叨叨"，用微博揭露虚假信息，教大家如何防范不法侵害。有时他也晒晒警察的酸甜苦辣，让大家更了解警务工作。他火热的内心、质朴的话语，受到广大网友的信任和喜爱，微博粉丝一路涨至近三万人。

他把整个人都融入村子里、百姓中

"吕建江处理的事总是能让群众满意，背后是他默默的付出"，同事王永辉说。2006年，吕建江辖区内两户邻居因为院墙位置引发纠纷，一户打碎了另一户的玻璃。涉事双方随后叫来子女等二十余人，眼看要起冲突，吕建江立即赶到现场调解。被砸一户表示，必须把玻璃赔了装上。而对方则表示绝不给装，场面一度陷入僵局。于是，吕建江自己"偷偷"把玻璃装上，谎称，"他拉不下来脸，买了玻璃让我来装。"

2009年11月，石家庄遭遇五十年未遇的大雪，城市交通大面积瘫痪。留村片区的危房随时有倒塌的危险。晚上九点多，吕建江给村治保会主任打电话，让他集合人，"咱得把危房里的人疏解出来。"

大雪封路，从家到村，吕建江只能步行。在厚厚的积雪中走了近一个小时后，吕建江顾不上休息，提着手电，带着村治保会的人，挨家挨户通知。吕建江一夜未睡，天亮后又组织人及时清扫积雪。"他真是把整个人都融到了我们村儿里了。"留村社区时任治保会主任李振杰说。

吕建江的真心付出不仅赢得了群众的喜爱，也感染了同事。年轻民警张金茂说,"共事五年,吕建江给我的印象是'有点儿轴'。警务站日常巡逻有车巡、摩托巡、步巡三种方式,但吕建江坚持步巡。他用脚底板把每个角落都走实了、踩透了,尽最大努力去贴近群众、帮助群众。"

民警李春明回忆说,"一次,一户居民家暖气跑水了。我赶到时,看到楼道里哗哗流水,吕建江正在认真地往外淘水。他身上都湿了,背后还不停冒着雾,那场面原本应该很狼狈的,但他却转过身来对我笑。"

做一个本本分分的民警,他觉得最踏实

在微博上,尽管很多网友和吕建江素未谋面,但大伙儿信任他、喜欢他,遇到难题,第一时间想到的也是"老吕叨叨"。从 2010 年 7 月 14 日开通,到去世,吕建江共发表博文 17357 篇,平均每天约七条。2012 年,吕建江又创立了"石家庄失物招领网",为群众寻回和发还物品 600 余件、现金及借款单合计金额 200 余万元,帮助寻找走失者 50 余人。

眼看吕建江的网上影响力越来越大,有人开始和他套近乎,想借他的"大V"影响力在微博上做推广。"我的微博认证是公职身份,用来帮网友解答咨询的,不会发广告。"找吕建江的企业不少,都被他严词拒绝。他说:"做一个本本分分的民警,心里最踏实。"

这些年,为了办网上警务室、失物招领网、微信公众

老吕用脚底板把每个角落都走实了、踩透了

号等,吕建江至少搭进去了几万块钱。身边人都知道,这笔"巨款"是他从牙缝里一点点挤出来的。他的家庭条件并不富裕,生活非常简朴,手机壳磨得破旧不堪还舍不得换;生前用的包,边角已经磨掉了皮,就在去世前几天,还刚刚用胶水粘过;除了警裤,平时就两条裤子,还是亲戚送的。

刚转业时,吕建江妻子有很长一段时间没工作。有人给老吕出主意:"你给片区内哪个老板打声招呼,还解决不了这点事儿?"老吕只摆手笑笑,不接话茬儿。后来,妻子在家待业了三年,才自己申请到一个公益岗位。当年留村改造拆迁，大伙儿想给他留套单元房，知道依他的脾气肯定不要，就说按村民价卖给他。没想到他一口拒绝："就是按市场价，你这房子我也不能买。不能让人背后戳脊梁骨。"

从警十三年，吕建江先后担任社区民警、派出所副所长、综合警务服务站主任等职，办案数千起，从未办过一起"关系案"、"人情案"，也没有一起百姓投诉。公私分明、规范执法、默默奉献，正是这些，让老百姓永远记住了他。

（原载《人民日报》2018年4月17日）

为民服务"不下班"
——追记全国优秀人民警察吕建江

闫起磊 杨 帆

一个基层民警,没有轰轰烈烈的壮举,为何能走进千万人的心里?一个普通党员,没有丰功伟绩,为何能让全省党员干部向他学习?

在群众和网友眼里,他为民服务"不下班"。在同事和战友看来,他赤胆忠心"不变色"。

他,就是"河北省优秀共产党员"、"全国优秀人民警察",他叫吕建江。

想群众所想他把群众小事当大事

吕建江1989年参军,2004年从部队转业到公安机关,从警十三年一直扎根基层岗位,生前任石家庄市公安局桥西分局安建桥警务站主任。2017年12月1日,他因劳累过

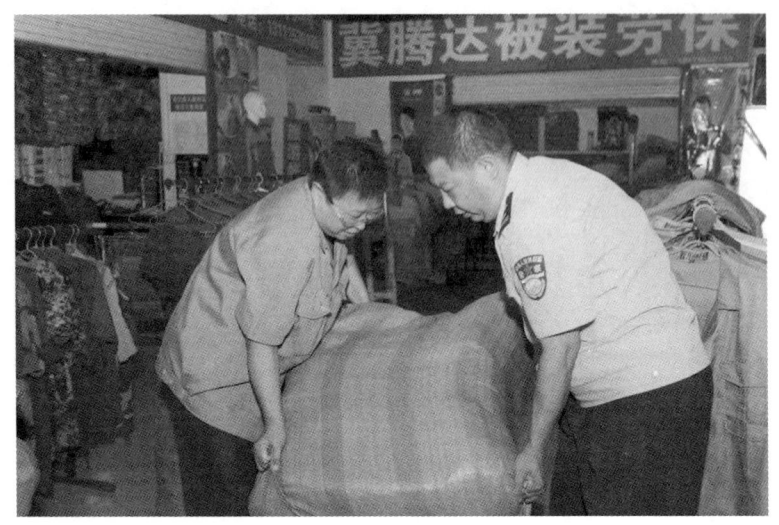

哪里有群众需要帮助,吕建江就出现在哪里

度、积劳成疾,突发心脏病去世,年仅47岁。

千余人冒着严寒到殡仪馆给他送别,数万网友向他留言致敬,上千市民自发前往他工作的警务站献花悼念……人们称赞吕建江是"雷锋警察"、"不下班的好民警"。

在吕建江心里,没有"辖区之限",也没"下班之说"。值班时,他带大家"四班三运转"守在岗位上,回家后,他还在网上"长期在线",随时为需要咨询救助的人待命。去世前一天深夜,他还在工作群里嘱咐做好巡逻。

"每次师父开警车带我巡逻,走到居民小区,他几乎会在每栋居民楼下停车,然后让警灯闪烁五分钟,我问师父,这是为啥?师父说闪着警灯,坏人看见了,可能及时收手,老百姓瞧见了,晚上就能更踏实地睡个安稳觉。"吕建江曾带过的辅警贺权说:"在师父身上,我体会到了'人民'两个字的分量。"

送别吕建江那天,有位姑娘连夜从太原赶来。"没有吕叔,我早就不在这个世界上了。"姑娘噙着泪说,三年前她曾想自杀,是吕建江连续"叨叨"劝了她一晚上才让她放弃了轻生的念头,她连夜赶来就是"想见救命恩人一面"。

"小角色,大担当。吕建江能把群众身边小事当成自己的大事,因为他心里一直揣着人民。"石家庄市公安局桥西分局局长马立新说。

急百姓所急他把为民服务延伸上网

身在基层,吕建江却创新了多个河北全省第一。他创办了第一个网上社区警务室,经验在全省推广。他创建了首个公益失物招领网,最早实名开微博并逐步成为河北公安系统在网上最有影响力的民警之一。他质朴的网言网语赢得了近三万名铁杆粉丝,这比他所在警务站的辖区人口还多一倍。

吕建江成了闲不下来的人:孕妇羊水破了打不着车,找他;孤寡老人房子漏了,找他;居民中煤气,找他……以至于知道他网名"老吕叨叨"的人,远远超过了知道他本名的人。许多网友专门"@"他寻求帮助,就像辖区许多群众到警务站"点名"找他办事一样。

2013年一天夜里,有网友发帖求助:"家人因腹痛休克正赶往石家庄,请教到省四院最佳路线。"吕建江看到后,主动联系发帖人并把最快捷路线和自己手机号码一起发给对方。对方发短信说病人病情恶化,他又立即安排警车开道奔向医院,为病人及时手术脱险赢得了宝贵时间。病人家属说:"是吕警官把我的亲人从死神手里抢了回来。"

吕建江生前曾说:"群众在哪儿,服务就在哪儿,无限的网络可以把我为百姓服务的'手臂'伸长。"

"建江为群众办起事来,腿不停,嘴不停,走路都小跑着,他能用真心把工作做到群众心窝子里。"提起老同事,桥西分局汇通派出所民警李明川十分钦佩。

难自己所难他不忘初心本色不改

很少有人知道,为民服务"不下班"的吕建江,自己一直过着清贫日子。一家人住在小两居室里,家具简单、陈旧。妻子崔利平想在客厅安放丈夫的遗像,都找不到一个合适的位置,只好摆在冰箱顶上。

吕建江为群众解决问题很有办法,可自家难事就是"办不成"。他曾"利用职务之便"给低保户丁忠光先后找了三份工作,但却对在家待业三年的妻子"不上心",直到2007年崔利平才申请到公益岗位。"吕哥去世后,我第一次到他家,一看才知道,他自己过得这么难……"丁忠光泣不成声。

"他从正营职转业到地方,从一名社区片警干起,十几年扎根基层不抱怨,不管当派出所副所长,还是当警务站主任，他从没利用职权办过一起人情案。"桥西区分局政委高文华说："他也从没有为家庭困难或其他私利找过组织。"

曾有广告商找到吕建江，劝他利用网上名气赚钱，但都被断然拒绝。吕建江说，他绝不会利用为民服务的平台赚取"不义之财"。他的战友乔民和付云川这样评价：脱下军装，换上警服，吕建江做到了赤胆忠心，本色不改。

吕建江生前常对家人讲：做人要讲良心，我一个山区农民的孩子，从参军、入党到当警察，哪一步都离不开组织的培养，我必须好好干，不管在什么岗位，都要对得起自己的身份。妻子说，这是丈夫念念不忘的初心。

有人问吕建江："这么费心费力到底图个啥？"他说："人活着就要做点儿事，咱为老百姓做点儿实事，不就是咱人民警察的价值所在吗？"

还有人问吕建江："你得了这么多荣誉，最珍视哪一个？"他回答："是深夜值班时，群众给警务站送来的那一碗热腾腾的饺子。"

吕建江走了，他生前工作过的警务站更名为"吕建江综合警务服务站"，这是河北首个以个人名字命名的警务站。许多市民说，它是一座丰碑。

吕建江走了，但他为民服务的事业依然没有"下班"，同事们运行起了他的微博账户，在网上网下，继续践行着他们共同的初心和使命。

（原载新华网 2018 年 1 月 30 日）

"老吕叨叨"本是兵

——追记模范军队转业干部、石家庄市公安局民警吕建江

邵 薇

他走了。

2017年12月1日,47岁的河北省模范军队转业干部、石家庄市公安局桥西分局原安建桥警务站主任吕建江突发心脏病去世。

他仿佛不曾离去。

2018年4月8日,记者来到旧称石门的石家庄市。在人们深情的讲述里,这位网名为"老吕叨叨"的老兵笑意盈盈的脸庞、朴实淳厚的身影,仿佛就在眼前。

吕建江曾坚守六载半的安建桥警务站,如今已更名为吕建江综合警务服务站。阳光下,"吕建江"三个字透着暖意。

推门进去,墙上挂着吕建江曾在微博上耐心劝救的轻生女孩儿刚刚寄来的锦旗:"人民公安,恩重如山;机智救

人,恩情难忘";桌上摆放着她手写的一封信,字迹一笔一画:"尊敬的警察叔叔们:我是吕叔2014年12月10日救下的山西太原女孩儿。十分感谢吕叔的救命之恩……"

接任吕建江综合警务服务站主任一职的王永辉同为军转干部,他对记者说:"从人民子弟兵到人民警察,老吕始终把'人民'二字放在心中,把人民放在心中的人,也永远活在人民心中。"

从军:我是一个兵,来自老百姓

"十五年的军旅生涯,是我人生中收获最大的阶段。"吕建江生前接受电视台记者采访时曾说。

当兵去,是吕建江1989年作出的人生选择。他的家乡河北省井陉县支沙口村,是太行山东麓的一个小山村。这个在窑洞里长大的农家子弟,自小老实懂事。高三那年,因父亲去世、母亲多病、弟弟年幼,成绩优异的他放弃高考,入伍到驻渝某部。吕建江的哥哥吕建华印象深刻,临行时,弟弟的背包里装着高中课本,他希望到部队继续复习考军校。

入伍后,吕建江在写给高中女同学、后来的妻子崔利平的信中说,班长了解他的家境和愿望后,待他很好,留出时间让他复习考学。当兵第二年,吕建江顺利考取原解放军第四军医大学,毕业后成为驻陕某部的一名军医。

吕建江感念军营圆了他的大学梦,虽然部队驻扎在山沟，却从无怨言。"他说比起分配到新疆、西藏的同学，已经不算苦了。"崔利平告诉记者，吕建江是个知足、不忘本的人。军校毕业第二年，他就和正在打工的崔利平结婚，并把她接到部队。恩爱的夫妻俩1995年迎来心爱的女儿吕子田，在山沟里相守整整十一年。

吕建江立下学医的志愿，是因为母亲体弱多病，他见不得病人受苦，就像见不得亲人受苦一样。崔利平回忆，从担任卫生员到卫生所副所长、所长，深夜里，吕建江的家门时常被敲响："吕医生，有病号！"每一次，他都跑着去开门，跑着出诊。

"山里甚至镇上的老百姓，都知道部队有个吕医生，有病的时候就找到营区来。"吕建江的战友、驻陕某部政治处原主任王少君说，吕建江几乎每个月都会到群众中去义诊。2003年"非典"流行期间，他除了做好部队的防疫工作，还主动到驻地村镇喷洒消毒药水、发放宣传资料。疫情过后，驻地的县领导亲自前往部队，送去"一心为民"的锦旗。

那一年，军队裁减员额二十万。王少君代表组织与吕建江进行"转业谈话"。"他当时尽管很不舍，但二话没说，表示坚决服从安排。"王少君回忆，在送行宴上，吕建江端起酒杯只说了一句话："感谢这么好的部队、这么好的领导，培养了我，给了我一切。"

离队那天，吕建江和崔利平都哭得很伤心。他曾说："从军十五年，我舍不得这身军装。忠诚、踏实、坚持，这是部队教给我最宝贵的东西。"

为警：我是"叨叨警"，全心为人民

"这是我的第二身军装。"2004年，吕建江转业后穿上警服，成为石家庄公安局桥西分局汇通派出所留村社区一名社区民警。

从军医到"片警"，吕建江有过不适应。一到位就上岗，因服装还未发全，他曾穿着军大衣顶着寒风在街道巡逻，感到过委屈；因调解纠纷被群众误解，他曾在百口莫辩时，掉下过眼泪……

然而，来自山村、出身贫苦的他，深知老百姓的不易；在部队深深体味过鱼水深情的他，也深知爱人民、人民爱的真谛。他对自己说：好好干吧，像在部队一样，对老百姓好些再好些。

从此，走街串巷，他总是背着一个重重的包，包里除了工作用的相机，还有一个血压计。量血压、唠家常，他很快融入留村的群众中。村民们发现，这位警官不但没有架子，而且"爱管闲事"。东家有了纠纷，他撂下饭碗就去调解；西家养的羊跑了，他骑上自行车就去追。残疾人刘老四家徒四壁、负债累累，想干收废品的活儿，却没有工具。一天，吕建江送来一辆二手电动三轮车，后来刘老四才知道，这是他自掏腰包买的。

慢慢地，从"吕警官"到"吕村长"，村民们对他的称呼变了。吕建江转业之初的苦闷与低落，被为民服务收获的喜悦代替。干劲一旦被点燃便越烧越旺,吕建江想要做的更多了。

留村位于城乡接合部,流动人口多,办理落户手续的村民也很多。看到因为不了解流程、资料不齐等原因,不少村民常白跑一趟,吕建江便想建一个网上警务室,让大家"少跑路多办事、不跑路也办事"。因为不是上级赋予的任务,生活一向节俭的他自费投入八千多元,买电脑、建网站,边干边学,每天熬到深夜。2009年2月,河北公安系统第一个网上警务室"留村社区网上警务室"开通,留村群众足不出户就能了解办事程序、打印各种表格,还能通过网上公布的联系方式,随时联络上吕建江。

从此,吕建江成了"不下班的民警"。

老吕把整个人都融到村子里、百姓中

触网后一发不可收拾。几年间,这个看起来一点儿也不时尚的民警,成为名副其实的"网红",创造了河北公安机关的多个"第一":第一个民警实名微博"片警吕建江"(后更名为"老吕叨叨")、第一个民警公益网站"失物招领网"、第一个民警微信公众平台"石门叨叨警"、第一个保护隐私挪车卡"代码挪车"、第一个防老人走失"黄手环"、第一部防诈骗微电影《钻空子》。他几乎全年365天、全天24小时都在网上送平安、送服务,排民忧、解民难。

吕建江共发出微博17357条、拥有粉丝28458名,平均每天发表博文约七条。这近两万条"叨叨",印证着他当博主的初衷:为了你的平安,你不听,我多说,说到你心里去。孩子落户准备哪些材料、丢失物品去哪里登记、驾驶证换证在哪儿办理,网友的问题五花八门,吕建江的回答不厌其烦。孕妇待产着急去医院,找他;孤寡老人房子漏雨了,找他……许多网友"@"他寻求帮助,就像许多群众到警务站"点名"找他办事一样。

采访当天,在吕建江综合警务服务站,王永辉点开手机上的荔枝APP,打开主播"片警吕建江"的频道,列表里有他上传的二十五个声音。从自我介绍、孩子走失怎么办,到说说借条怎么写、如何防止入宅案件发生等,王永辉一面听吕建江操着井陉普通话的"叨叨",一面对记者说,老吕去世前还曾跟他商量,能不能利用当下最流行的网络直播,直播交通违章消分的过程,提示群众如何避免违章……

从微博、微信到荔枝主播，从挪车卡、黄手环到微电影，吕建江并非为了赶时髦，而是为了用网络延伸为民服务的手和腿。"网络是虚拟的，服务群众却是实实在在的。"吕建江曾说。

怀念：念念不忘，必有回响

有人说，吕建江这位普通民警的离去，惊动了一座城。

吕建江追悼会那天，上千名群众自发赶去送行，网络上的祭奠与怀念更是如潮涌动。记者看到，吕建江综合警务服务站桌上的留言本，写满前来吊唁群众的怀念——

"吕哥，太累了，歇歇吧，愿您在天堂安息。"

"老吕，你是军转干部的骄傲，人民警察的光荣！"

这位全国优秀人民警察，仿佛还活在这无尽的怀念里——

妻子怀念他的浪漫贴心。崔利平说，她忘不掉有一年她在部队过生日，老吕用一根葱丝和两个煮熟的鸡蛋做成数字"100"，说希望能和她携手度过100岁；她忘不掉他提早回家时电话里的大嗓门儿：老婆你想吃啥？我去买菜；她更忘不掉，他去世前一天晚上对她说：老婆，你是我最亲的人……

同学怀念他的执着专注。解放军白求恩国际和平医院神经外科医生乔民是吕建江的军校同学，他感慨："吕建江没有什么个人爱好，他唯一的爱好就是他的工作。同学聚会，他聊天的主题永远是他的微博、他的警务站。平时接到他的电话，大都是哪个辖区群众、同事或者网友有困难了，能不能帮忙联系就医。"

同事怀念他的随和热心。吕建江综合警务服务站的协警范士平与吕建江共事六年多，他告诉记者："吕主任对同事特别随和亲切，对群众特别热心耐心，无论群众有什么要求，合理的尽量满足，不合理的反复解释，没见他跟谁急过。从警十三年，他虽然没做惊天动地的大事，但为老百姓做了太多实实在在的事儿。作为一个好警察，他给党、给政府争了光。"

群众怀念他的不遗余力。吕建江先后为留村村民、低保户丁忠光介绍了三份工作，帮她申请了廉租房，还三次捐助她。丁忠光后来才知道，吕建江的妻子在家待业好几年，直到2007年才申请到公益岗位。"吕哥去世后，我第一次到他家，才发现他自己竟然过得那么难……"说到这里，丁忠光泣不成声。

网友怀念他的有求必应。吕建江在微博上接到的求助、提供的帮助，早已超出他管辖的区域和职责的范围。2013年5月4日晚，他为一辆载着危重病人的外地救护车规划路线，请电台主持人空中导航，派值班民警警车开道，为救人赢得宝贵时间。素未谋面的网友晨曦，三次请他联系家人在异地就医事宜，他每次都通过个人关系提供帮助，不厌其烦。一位开淘宝店的网友，请吕建江在微博上帮忙做广告，他在婉言谢绝的同时，热心介绍当地其他资讯微博，以优惠的价格为她推广……当许多陌生人在吕建江去世后到家里拜祭、在微博留言,细数他的帮助时,崔利平懂了吕建江常说的那句话:最大的财富就是群众信任咱。

念念不忘,必有回响。所有的怀念,都会成为时代的记忆,都已换来爱心的传递。石家庄网络名人、微博博主李双峰说,吕哥的去世跟太劳累有关,一个人心里装的是别人,自己一定会吃亏,但这个社会一定会记取这份灵魂的闪光、奉献的温暖,因为它带给人们感动和力量。

网友邓金正说:"从在微博上关注'老吕叨叨'到自己成为一名公安民警,我也不知道为什么,可能就是也想成为他那样的人民警察吧。"

接替吕建江担任警务站主任的王永辉说:"无论线上线下,无论白天黑夜,我们都会把老吕的温暖传递下去。我们都是'老吕叨叨'!"

崔利平注册了一个名为"念吕_我的爱人"的微博。2017年12月14日,她写下:"老吕,你生前把那么多爱的种子播撒给那些素昧平生的陌生人,你像守护我们一样无私地守护着他们。如今,你离开后,他们敬仰你、怀念你的同时,还把爱回馈给我们——你的爱人和女儿。那么多的安慰试着温暖我们,那么多的援手试着挽起我们……你看到了吗?"

好军医、好警察、好党员老吕,你看到了吗?

(原载《解放军报》2018年4月17日)

一心为民的"叨叨警"
——追记好警察吕建江

彭景晖　耿建扩

送别吕建江那天,追悼会现场一度拥堵。天南海北的受助群众,见过和没见过他的人都闻讯赶来。人们在寒风中瞻望,依依不舍地告别,低声叹息:英雄的一生未必轰轰烈烈。

"这个时代,我们就是要追寻这样的人。"吕建江的朋友、自媒体人李双峰说,"这位人民警察的人生传记,修撰者不是史官,而是民心。"

这名警察平凡却不简单

河北石家庄市民付云川与吕建江有二十七年的友情,他在回忆这位战友时感叹,一个人成长之路上最大的幸运,莫过于年轻时就找到一生的使命。1993年从第四军医大学毕业，吕建江被分配到解放军在潼关的某仓库卫生所当军医，很多同学替他惋惜，"好不容易从山沟子里走出来的娃，正准备一展身手，又掉进更大的山沟子。"吕建江的回答却让同学们至今难忘——"这就是我要的！"

"部队十五年，公安十三年，吕建江一直在基层，最大的官儿是派出所副所长、警务站主任。"付云川说，"太平凡了！但是，太不简单了！"

2004年，34岁的吕建江从部队转业，成为石家庄市桥西区留村的社区民警。留村位于市区内四个县区的交界地带，是典型的城乡接合地区，流动人口多，治安环境复杂。日常事务极其烦琐，吕建江面对的是一团乱麻。

那年夏天，村民老高的孙子被老杨家的狗咬伤。老杨不认账，两家大吵。村委会解决不了，老高扭头就去找吕建江告状。

正在菜地里忙着干活儿的老杨看到警察来，火冒三丈："拿出证据来！没证据，警察来也没用！"

吕建江也不急，蹲在地里帮他干活儿。老杨不理，吕建江也不多话，只是帮着干活儿。

"吕哥，拉倒吧，别管了。"联防队员们劝他。

"可不行，乡里乡亲的，为这点儿事结下疙瘩，以后不定会出啥事。"吕建江答。

接下来的七八天，他总是抽空儿到老杨家地里干活儿聊天，聊庄稼、聊生活。老杨不再抵触，吕建江慢慢聊起了邻里关系、法律道德。老杨终于被感化，来到老高家，要带孩子看病、赔钱。老高说:"我知道你家条件不好,不用你赔,道个歉就行。"老杨和老高握手言和。之后十多年里,两家人互相帮助、和睦相处。

"群众利益无小事",在吕建江心里,这句话关系千家万户的福祉。

2008年7月,一场暴雨冲毁了外来户老丁家羊圈的后墙,四十多只羊跑了出去。吕建江立即召集联防队员和村民一起找羊。滂沱大雨里,羊边跑边叫,人边吆喝边追,满脸泥巴雨水汗水。留村居民王东庆说:"吕警官有点儿胖,圆滚滚的他跑得还特别快,羊毛滑,路也滑,眼看逮到了却摔一跤,摔得那个结实啊。"村民回忆起那一场景,忍不住笑起来,笑着笑着,眼泪又溢出了眼眶。

村民都管他叫"吕村长"

"他身材不高却孔武有力;你说话他就认真看着你,小小的眼睛,满满的善意;他总是笑容可掬,用微笑平息火气,化解纷争。"留村社区治保会主任张志杰告诉记者,自从吕建江到任,偷盗、械斗、酗酒闹事并不鲜见的留村,再也没发生过大的治安事件。村民爱戴他,都亲切地叫他"吕村长"。

2006年,吕建江在居民张化芳家里的出租屋做完消防检查后,告诉她"你帮了我很大的忙"。话虽简单,但让张化芳的心里温暖而又泛起波澜。她第一次真切感受到自己对一名国家干部来说有着重要的价值,而自己不过是按照要求,把家里的防火防盗工作做到位而已。一声关怀、一句问候,吕建江的脉脉温情感化着留村社区的人们。

吕建江的大学同学乔民说,也许是人与人之间质朴的情愫给了吕建江力量。吕建江一直把自己的善良当作命运的馈赠,他曾告诉大家:你渴望什么,你就去给予吧。

从2004年担任留村的片警开始,吕建江给社区种下了和谐友善的种子。这粒种子不断成长,人心不断凝聚,在七年之后的拆迁工程中,这种凝聚力发挥了重大作用。2010年吕建江离开了留村岗位,调任桥西公安分局汇通派出所副所长。而正是这一年,留村社区城中村改造陷入了僵局,拆除坟地时发生激烈矛盾,群体性事件可能一触即发。

危急时刻,吕建江来了。

"吕村长回来了!"群众看到那个依旧笑盈盈的吕建江,紧张气氛马上缓和下来。这家的委屈、那家的诉求,吕建江和新到任的片警韩文国一一记录下来。在他们的协调下,原本不愿搬走的居民开始认真了解政府的方案,干部们也在吕建江身上学到许多与老百姓沟通的工作方法。矛盾解开了,城中村改造顺利开展。

韩文国告诉记者:"激烈争端固然可以靠行政和法律手段解决,但老吕这种将心比心、以心换心,让理解化解争端,才是新时代人民警察需要的大智大勇。"

之后的多年里,新分到公安分局的年轻警察常常会听

"群众利益无小事",这位学医出身的人民警察早已对这句话的精髓身体力行

到吕建江与老百姓的故事。"群众利益无小事",这位学医出身的人民警察早已对这句话的精髓身体力行。大家也深刻领悟到"对党忠诚、服务人民、执法公正、纪律严明"的意义。

激情燃烧的"叨叨警"

"除了警服,老吕一件像样的衣服都没有,但他是我们公安队伍中最潮的一个。"石家庄市公安局桥西分局汇通派出所所长王凤丑这样评价,"人们只看到了一个朴实憨厚的老吕,往往忽略了他身上激情澎湃的热血。"

"意识超前，学无止境，渴望创新，他从农村走出来，但眼界特别开阔。"乔民告诉记者，吕建江读书时并不宽裕，却把省下来的生活费花在昂贵的电脑书上，研究当时最尖端的软件系统。

战友王少君说："他二十多年前就上网冲浪了！"

2009年2月，吕建江创办河北第一个网上警务室，在网站上公布了自己的手机号码，承诺24小时开机，随时接受群众咨询。石家庄的警务工作从此与群众"键对键"接触。2010年，实名认证微博"老吕叨叨"与网友见面，治安防范知识、辟谣信息、警务办公信息变得轻松幽默，"老吕叨叨"不断吸引粉丝，吕建江也被粉丝们称作"叨叨警"。借助这些平台，"叨叨警"与更远地方的更多群众结下了真挚友谊，他不厌其烦地回答着各类咨询问题，救助无数困难群众，抓获很多违法犯罪嫌疑人。

这位跨界网络潮人非常明白，治安工作不仅要苦干，还需要借助创新科技的强大威力巧干。他和第三方平台合作，制作智能"黄手环"，帮助走失的老人找到家人；他自费创办"失物招领网"，帮助群众找到遗失物品；他联系商家制作移车卡，方便社区群众联系移车。

"他似乎无处不在，无所不能，恨不得永不下线，能为更多的群众服务。"安建桥综合警务服务站的副主任侯龙说，"他很累，但我知道，他的心在一路奔跑欢唱。"在同事李春明眼中，"他就像每天都给自己上了发条，动力无限。"

终于，终日操劳的身体没能跟上他奔腾激越的灵魂。

2017年12月1日那天,发条断了。47岁的吕建江突发心脏病,离开了人世。

听到噩耗的李双峰不停刷着"老吕叨叨"的微博,再也没能看到更新的信息。越来越多的网友留言送别,点一支蜡烛,献一朵鲜花,表达悲伤、惋惜和不舍。李双峰执拗地对自己说"'叨叨警'还在",但眼泪却止不住地往下淌。

服务人民的信仰在延续

2017年12月3日,吕建江的追悼会在石家庄举行。他的三叔吕春生独自一人留在老家井陉县支沙口村,倚靠着门口那棵梨树,失声痛哭。二十八年前,吕建江的父亲吕会生去世,为了完成这个老共产党员想让孩子长大报效国家的遗愿,吕春生亲自把侄子吕建江送去部队。"这个娃一直跟着党走,是个好兵,还做了一名好警察,是一条铁汉,大哥应该瞑目了!"

没人见过铁汉脆弱的时候,除了妻子崔利平。2004年从部队退役,脱下军装那一刻,吕建江在妻子面前哭得像个孩子。

"亲爱的党支部:我要求加入中国共产党。我急切地要求加入中国共产党。我十分急切地要求加入中国共产党!我是一名在党的领导和关怀下成长起来的年轻军官……"1994年11月,吕建江的入党申请书以这样的话语开头。军旅生涯十五年，吕建江默默践行着入党誓言。

如今，崔利平望着丈夫的遗像，回忆着他的警察时光。家庭温馨的时刻太少，与群众打成一片的镜头却很多很多。丈夫走了，但他对党忠诚、服务人民的信仰却有了越来越多的追随者。

2017年12月5日，吕建江去世后第五天，"安建桥综合警务服务站"更名为"吕建江综合警务服务站"。一群同样爱党爱人民的热血青年组成的公安干警队伍将以"吕建江"命名，继续奋斗在石家庄的大街小巷、网下网上。

2018年新年第一天，受助网友"晨曦"打开微博，看见"老吕叨叨"更新了信息："大家好，我们是吕建江主任的战友……我们会立足本职，努力工作，继承他未竟的事业……"吕建江的继任者、吕建江综合警务服务站主任王永辉带领民警重启"老吕叨叨"微博。

4月9日，星期一，石家庄安建桥十字路口旁，粉红的海棠花纷纷扬扬落在警务站门前。8时30分，迎着朝阳，警务站的民警、辅警照常列队，王永辉开始点名："吕建江！"

"到！"在场警察齐声应答。

（原载《光明日报》2018年4月17日）

榜样力量激励前行

——"时代楷模"吕建江事迹引起社会反响

耿建扩　龙　军　宋喜群　陈元秋　姚　昆

4月17日,本报刊发通讯《一心为民的"叨叨警"——追记好警察吕建江》,报道了河北省石家庄市公安局桥西分局安建桥综合警务服务站原主任吕建江同志的先进事迹,在全国各地干部群众中激起强烈反响。

广大干部群众认为,吕建江是新时代广大党员干部和公安干警的楷模,他以实际行动践行了"对党忠诚、服务人民、执法公正、纪律严明"的总要求,诠释了人民公安为人民的铮铮誓言。大家表示,要深入学习贯彻习近平新时代中国特色社会主义思想和党的十九大精神,以吕建江为榜样,牢固树立以人民为中心的发展理念,永远把人民对美好生活的向往作为奋斗目标,为人民谋幸福,为民族谋复兴,努力创造属于新时代的光辉业绩。

吕建江生前同事、警务站副主任侯龙说:"吕建江用实际行动书写了忠诚和担当，对共产党人的初心和使命作出了生动诠释。吕主任走了，但他的精神永存。我们一定会继承他全心全意为人民服务的精神，接过他的接力棒，齐心协力擦亮为人民服务的品牌。"

有的人活着却已经死了，有的人死了却还活着。河北省公安厅政治部副主任、宣传处处长贾永华说，吕建江作为一名基层民警、基层党员干部，把毕生精力都放在了为人民服务上，从一点一滴做起，从每件小事做起，全心全意、从无怨言，他的身上，真正体现了"以人民为中心"的理念。他是忠诚的基层守望者，是不忘初心、牢记使命的实践者。他以自己的行为向人民群众传达了党和政府的温暖。他的精神也感染激励着很多人像他那样去帮助别人，传送温暖，携手同行。

"像吕建江这样的基层民警，坚守工作数十年，身体是透支的，在四十奔五中间的岁数，就这样倒下了。"甘肃省优秀社区民警、甘肃省三八红旗手、兰州市城关区皋兰路派出所社区民警任淑芸，一位有二十四年警龄的兰州基层社区民警，当说到吕建江先进事迹时，话语里有惋惜，也充满敬佩。她感慨地说："吕建江忠于职守的品格、心系人民的品质、善于创新的精神以及无私奉献的境界，值得我们学习。向他致敬！我们要立足岗位，牢记使命，践行人民公安为人民的承诺。"

"吕建江同志从部队转业后扎根于基层警务工作，被称为'不下班的民警'。他于有限的生命中带给我们无穷的精神力量，于平凡的工作中让我们看到不平凡的党员标杆，他的先进事迹值得我们每一位共产党员学习。"湖南省长沙市雨花区侯家塘街道枫树岸社区党总支书记杨璐说，"作为基层党员，我们要认真学习吕建江为人民服务的精神，做好利民惠民的每一件实事。要不忘初心，牢记使命，从工作中的每一件小事做起。身为社区工作者，我们要学习他尽职尽责、积极创新的精神，更深入地扎根基层一线，尽心竭力为群众排忧解难，用实际行动践行社会主义核心价值观，提升身边群众的获得感、幸福感、安全感。"

石家庄市留村小学教务处主任任彦丽说："吕建江在留村小学担任法制副校长时，经常主动给孩子们讲解安全知识，还主动带孩子们参观警察博物馆和'110'指挥中心，给学生们普及法律知识。每当想起当年学生们放学时，那个胖胖的身影站在一边，心里就会有种莫名的踏实感，那是一种'润物细无声'的为民服务。"

吕建江常年扎根公安基层一线，心里装着群众、热情服务群众、一切为了群众，尽其所能为群众解难事、做好事、办实事，在平凡的岗位上做出了不平凡的成绩。河北师范大学信息技术学院党委副书记、副院长陈思表示，我们要学习他不忘初心、一心为民的高尚情怀和为民服务方式的创新精神，做一名吕建江式的共产党员，立足岗位、扎实行动，为社会培养出更多有用人才。

"老百姓有事来找咱，就得把这件事儿放在心上，不能高高在上，要俯下身子，踏踏实实为老百姓服务。"河北天捷律师事务所律师王金胜说，吕建江这句话对他触动很深，朴实话语的背后是一颗赤诚的为民之心。不管是在担任社区民警的六年中，还是在担任安建桥综合警务服务站主任的七年里，吕建江总是一心为民，哪里有群众需要帮助，就出现在哪里，于平凡处、在细微中，生动诠释了一名基层党员干部的初心和情怀。他说，作为一名律师，今后要以吕建江为榜样，为群众送平安、送法律、送服务。

河北省高碑店市新城镇仁合庄村党支部书记平素生表示，要学习吕建江同志不忘初心、牢记使命的为民精神，为村民多办实事好事，拓宽致富门路，推进脱贫攻坚，尽心竭力为全面建成小康社会努力奋斗。

（原载《光明日报》2018 年 4 月 18 日）

创新诠释时代使命
为民坚守公安初心
——追记石家庄市公安局安建桥警务站主任吕建江

周宵鹏

2016年11月，河北省石家庄市公安局桥西分局安建桥综合警务服务站主任吕建江成为《长安》杂志封面人物，文章标题是《片警吕建江的互联网思维》。

彼时，吕建江憨笑着对《法制日报》记者说："哪有什么互联网思维，无非就是用用电脑、用用网络给老百姓干点儿实事。"仅仅一年后，2017年12月1日，几天前在微博上发出微博怀念刚刚逝世的警察战友后，他却成为大家永远怀念的人。

"吕建江同志是不忘初心、牢记使命的时代先锋，是对党忠诚、服务人民、执法公正、纪律严明的新时代楷模，是扎根基层、甘于奉献的优秀代表，是尽忠职守、建设平安河北的杰出榜样。"河北省委、省政府在全省广泛开展向吕建江同志学习活动的决定中，作出这样的概括。

警察中的"网络达人"

2010年是微博元年,这年7月,吕建江注册了实名微博"@片警吕建江",后来更名为"@老吕叨叨",他也成为河北省第一位在网上实名注册的民警。

遇到民生事、不平事,在微博上"叨叨"几句;网友有留言咨询求助,解答帮忙无微不至;碰到治安隐患、怎么防盗、新发作案方式,总要发文提醒网友,及时管用的"微提示"更成为诸多媒体经常引用的内容……吕建江逝世时,微博"@老吕叨叨"已经拥有近三万名粉丝,编发博文17000多篇,该微博连续五年被新浪网评为"河北十大公职人员微博",吕建江也因此被网友戏称为"叨叨哥"。

事实上,吕建江的"网事"开始于2009年,那时他还是石家庄市桥西公安分局汇通派出所的一名社区民警。看到辖区居民经常因为信息不畅通而不断跑腿,吕建江想到了开办网上警务室。于是,他自费创建起河北省首家网上警务室"留村社区网上警务室",居民在上边查看办事流程、公安通知、公开警务,一个利民便民的警民互动网络平台就此搭建。

2011年,吕建江开始担任石家庄市桥西公安分局安建桥警务站主任,看到总有热心市民将捡来的东西交到警务站,于是他又创办了石家庄市首个公益失物招领网站,先后为群众寻找和发还物品600多件、现金及借款单合计金额210多万元。

微信开始普及后，吕建江于2013年注册了"石门叨叨警"微信公众号，成为河北省首个民警实名微信公众号，户籍、出入境、驾管、失物招领等方面的便民信息一目了然；为了缓解停车难问题，吕建江设计了"代码挪车卡"，免费发放给车主，从最初的拨打热线电话，到如今的微信扫码，在保护车主个人信息情况下方便了车主们及时挪车；为防止老人走失，吕建江首创"黄手环"，为老人定制二维码，老人走失时，群众、民警可通过微信扫码和家属取得联系，帮助老人回家……

吕建江从互联网上入手，他的每一次创新都是为了更好地为民服务，他创造出河北省公安系统多个第一，也因此为广大市民所熟知，成为河北公安机关在网上最有影响力的民警之一。

"利用网络平台为百姓提供服务，可以起到事半功倍的作用，"吕建江生前说，"网络是虚拟的，服务百姓却是实实在在的，无限的网络可以把我为百姓服务的'手臂'无限延伸。只有用细心、恒心、热心、诚心经营好'责任田'，才能赢得辖区群众的信赖与支持。"

"永不下班"的好民警

"救护车从邯郸市广平县开出，车上病人肚子疼得厉害，要转诊到河北省第四医院，路应该怎么走？" 2013年5

月 4 日晚上 8 时许，刚下班回到家的吕建江看到了这条@他的微博。军医出身的他赶紧通过私信了解病人信息，在告知最近的路途后，还是不放心的他安排值班民警开上警车到市郊道口迎接开道。最终，在多方努力下，救护车只用了五分钟就穿越了半个石家庄城区及时到达医院。

对于网友的咨询和留言，能答复的马上答复，一时答复不了的请教同事和专业人士，有时太忙了就下班回家后再答复。就这样，上班工作在警务站、社区里、群众身边，下班后工作在电脑前、互联网上，吕建江成了网友口中"不下班的民警"。

网友的提问不管白天黑夜，在吕建江六十多平方米的家里，吃罢晚饭窝到沙发一角好几个钟头与网友交流，已经成为他的生活常态。一次一位网友在晚上用 QQ 和他聊天，说自己在网上购物被骗 3200 元，问该如何处理。由于这位网友是残疾人，打字速度慢，吕建江就耐心等着，一条一条回复，一直和他聊到深夜接近零时，直到解释清楚所有问题。

吕建江 2004 年 3 月从部队转业参加公安工作，之后长期扎根基层，和群众一打交道就是十三年。"虽然牺牲了休息时间，但我在做的是非常有意义的事情，我在以自己的行动诠释人民警察'立警为公、执法为民'的根本要求。"面对媒体的采访，吕建江总是说自己做的都是小事，但一件件的小事全是心里装着老百姓、对老百姓有求必应的体现。

叨叨中的大情怀

网友喜欢微博"@老吕叨叨",喜欢吕建江爱叨叨的"婆婆嘴"。

巡逻中寻找没关车窗的车主,却被误会要处罚,吕建江在微博上说"俺希望你的财物安全就行。88,继续巡逻";凌晨巡逻看到环卫工人冒着大雨清理垃圾,吕建江把警车开过去提醒车辆减速通过,发个微博"师傅们辛苦了,886";看到有人骑电动车时"倒穿衣",吕建江编个顺口溜发微博:"天蓝蓝风嗖嗖,空气很鲜就是有点儿凉;骑电车倒穿衣能御寒,就是有点儿不安全……骑车慢点儿,平安是福"……

日常工作中的点点滴滴,生活中的苦辣酸甜,百姓身边的家长里短,居民要注意的大小问题,吕建江都记录在微博里,以平均每天七条的速度"叨叨"着,句句接地气的叨叨不仅给群众解答了诸多问题、提了很多醒,也树立起一个有血有肉、有情有义的暖心民警形象。

吕建江的为民不仅发生在网上。刚当社区民警时,辖区城中村每逢庙会就有人喝酒打架,"半个村都哆嗦",吕建江开始挨家挨户搞宣传,自制宣传材料《打架的代价》,自那以后辖区再没有发生过庙会打架的;警务站辖区里有个困难户,吕建江两年多时间里为她介绍了三份工作;因为处理起业务来不嫌烦、不嫌累,很多市民慕名找到他的警务站跨区域办业务。

2017年12月1日,吕建江因病去世,年仅47岁。此后很长一段时间里,吕建江去世的消息在石家庄市民的微信上持续刷屏;他生前工作的警务站堆满了群众送来的束束菊花;一众网友自发来到他的微博下留言悼念;在遗体告别仪式上,1500余名民警和群众冒着严寒自发赶来送他最后一程。

"为什么那么多人怀念老吕?因为他忙,工作职责范畴内很忙,为职责之外的事儿也忙,他忙着让老百姓少跑路,忙着把老百姓的每一件小事当大事。"在吕建江的微博下,

吕建江追悼会现场

一位网友如是留言。

办网站、做新媒体要花钱,但是吕建江从来没和上级要过钱,唯一提过的要求是想多要两枚党徽,为的是换季时每件警服上都能有,每每说起这事,石家庄市桥西公安分局政委高文华就忍不住哽咽;2009年石家庄突降暴雪,吕建江连夜步行赶到村里,把危房群众转移到安全地方,这让留村原治保会主任李振杰记忆犹新;每次夜班吕建江都开车闪着警灯到小区巡逻,"警灯让坏人胆颤,让晚归人心安",曾经的辅警、吕建江的"徒弟"贺权至今记着师父的这句话……

如今,安建桥警务站已更名为"吕建江综合警务服务站",成为石家庄市首个以民警名字命名的警务站;微博"@老吕叨叨"在停更一个月后再次启动,成为吕建江警务站的政务微博。

"我们会好好继承吕哥的精神,全心全意为群众服务。"吕建江警务站现任主任王永辉对《法制日报》记者说,吕建江忠于职守、践行使命的政治品格,心系群众、为民解忧的优秀品质,善于创新、拓展服务的进取精神,永远都激励着他们更好地为人民服务。

(原载《法制日报》2018年1月31日)

群众身边 24 小时"在线"的好民警

——追记石家庄市公安局安建桥警务站主任吕建江

刘子阳

群众眼中的"吕村长"、不厌其烦的"老吕叨叨"、24小时"在线"的好民警……2017年12月1日,河北省石家庄市公安局桥西分局安建桥警务站原主任吕建江突发心脏病去世,年仅47岁。

一个基层民警,没有轰轰烈烈的壮举,为何能走进千万群众的心中?近日,《法制日报》记者来到吕建江综合警务服务站,追寻吕建江工作的轨迹,探访其不为人知的事迹。

石家庄的安建桥下,车流如往常一样密集,行人往来穿梭。警务站位于十字路口的一角,站内吕建江的照片静静摆在桌上,笑得十分灿烂,可惜再也看不到他的身影。记者随手翻开一本留言簿,写满了群众没来得及对老吕说的话,上面的泪痕仍清晰可见,老吕的故事不妨从这儿说起。

服务群众没有"辖区之分"

"吕叔,我是你救过的那个山西女孩儿,我说过大学毕业来石家庄看您,请您吃山西的特色点心,可您却走了!"在留言簿上写下这段话的姑娘叫小馨,事情还得从三年前说起。

2014年12月10日晚上,正在太原当地读中专的小馨通过微博私信向吕建江询问:"开煤气自杀是怎么做的?"收到消息后,吕建江连忙不间断地跟女孩儿聊天,吸引其注意力,连续"叨叨"了五个小时才让她放弃了轻生念头。

如今小馨已经读大学,得知当年的救命恩人去世的消息,她在家里整整哭了一晚上:"我不相信吕叔会离开我,总觉得他一直就在我身边,我还给他发了一条信息。"

在吕建江心里,工作没有"辖区之分",也没"下班之说"。值班时,他带大家"四班三运转"守在岗位上,回家后,他在网上长期在线,随时为需要咨询救助的人待命。

"建江个头儿不高,平时说话带笑,看上去还有那么一点儿土气。外表普通的他,其实比我们很多人都'潮',2009年,他创办了河北第一个网上警务室,内容都是老百姓想了解、需要了解的各种警务信息、办事流程、注意事项。"石家庄市公安局桥西分局政委高文华介绍说。

从那之后,吕建江成了群众眼里"不下班的民警",孤寡老人房子漏雨找他,病人半夜去医院打不到车找他,有人遇到网上诈骗也找他，他成了群众遇到困难第一个想到的人。

2010年微博兴起，吕建江又紧跟潮流，在新浪网开通实名认证微博"老吕叨叨"，搭建了和群众沟通交流的新平台。他用网友喜闻乐见的方式，叨叨治安防范知识，揭露各种谣言骗局，聊生活中的酸甜苦辣。

打开他的微博，孩子落户应准备哪些材料、丢失物品去哪里登记、驾驶证到期怎么换证……网友的问题五花八门，他的回答不厌其烦，深更半夜还在回复咨询。到他去世前，已发表博文17000多篇，拥有粉丝近三万名。

村民们都管他叫"吕村长"

记者来到石家庄市桥西区留村，这是吕建江曾经工作过的地方，事隔多年当地的村民还是习惯管他叫"吕村长"。

吕建江毕业于中国人民解放军第四军医大学，在当时是不折不扣的高才生。2004年，他从部队转业的第一个岗位，就是社区民警。

留村在石家庄市区的边缘地带，很多外来人口在这里租房居住，开着许多小作坊、养殖场，治安环境特别复杂。吕建江一到任，就遇到一户村民家里被盗。村民毫不客气地说：老丢东西，警察是干啥吃的！听了这话，吕建江涨红了脸没言语。

"从这以后，除了在所里开会、值班，吕哥从早到晚都扎在村里。为了挤压犯罪空间，老吕协调村委会加强巡逻力量,二十多个联防队员分组值班,由他带着连续夜巡十多天,从晚上十一点到第二天早晨五点,拿着大号手电,转遍所有胡同院落,一晚上不知走多少圈,累得我们这些小年轻都叫苦连天。还别说,时间不久,社区入室盗窃案件实现了零发案。"石家庄市桥西区留村社区治保会主任张志杰说。

入户走访时,每敲开一家门,吕建江都热情地介绍自己,问问情况,听听需求。为和群众拉近关系,他随身背着"两件宝"——血压计和听诊器,遇到上岁数或者身体不舒服的,就帮着量量血压、听听心肺,讲点儿医疗知识。

这个细节让张志杰记忆深刻:"没过多久,村里人都知道警务室来了个会瞧病的吕警官,人挺和气。尤其是上岁数的,经常找他量血压。一来二去,他很快和大伙儿熟悉了,谁家多少人,邻里关系怎么样,有什么想法、什么盼望,都摸了个清清楚楚。"

人心就是一杆秤,老百姓都看得出来,吕建江是真心实意、想尽一切办法为大家好,人们开始打心眼里敬重他、亲近他,对他的称呼也从"吕警官"变成了"吕村长"。

把老百姓每一件小事当大事

吕建江出生在太行山深处一个小村子,家境贫寒的他深知百姓的不易,看到老百姓犯难,他心里难受,有时还会抹眼泪。有人说,别看老吕身着一身威严的警服,可里面裹着的是对群众的一腔柔情。

2004年前后,丁忠光和爱人双双下岗,暂住在留村,非常困难。得知丁忠光的家庭情况后,吕建江主动给村里做工作,在村市场给丁忠光划出一个摊位,别人一个月六十元管理费,丁忠光只需交三十元。

"人家村民为摊位都争破头,吕哥硬给我跑下个摊位来。"丁忠光比吕建江大一岁,可她感觉吕建江更像哥。

两年后,摆摊收益不好,吕建江又把她介绍到村里的网吧做保洁。网吧拆除后,丁忠光再次失业,吕建江又介绍她到润德五金市场做保洁。

2017年7月,保洁公司整体更换,丁忠光不好意思再找吕建江。"吕哥去世的前三天,去润德五金市场办事儿,还给我打电话,说到了市场怎么没看见我。我跟他说了情况,他还埋怨我。"说到这儿,丁忠光泣不成声。

吕建江一家三口一直住在石家庄滨河街的小两居里,生活并不富裕。家里电视柜掉了漆,除了冰箱彩电洗衣机老三样,没什么值钱的电器。

老百姓的每一件小事吕建江都当成大事办,可自家的事就是"办不成",老吕媳妇随他转业后在家待业三年,直到2007年才申请到公益岗位。

十三年如一日扎根基层,吕建江千方百计为群众排忧解难,用满腔赤诚践行对党忠诚的坚定信念,用无私付出书写人民公安为人民的壮丽凯歌,赢得了人民群众的衷心爱戴。

(原载《法制日报》2018年4月17日)

"老吕叨叨"走了,留下那张总被百姓念叨的笑脸

——追记石家庄市公安局桥西分局安建桥警务站原主任吕建江(上)

周旭亮　张建林

"他这个人,你见过他一次,就不会忘记他笑眯眯的样子。"

"老吕爱笑,笑容里闪烁着一种东西,让你感到和他没有一点儿距离。"

"没有什么能比他的微笑更能衬托他这个人,他是一个喜欢对群众笑的人。"

……

2017年12月3日,河北省石家庄市殡仪馆内哀乐低回,1500余名群众和民警冒着冬日严寒赶来送别心目中的英雄。从此,人们将告别那张熟悉且令人温暖的笑脸。

爱笑的这个人,名叫吕建江,是河北省石家庄市公安局桥西分局安建桥警务站原主任。十三年来,他始终扎根基层、为民服务,被老百姓亲切地称为"网上雷锋"、"不

下班的好民警"。2017年12月1日,吕建江因长期劳累、积劳成疾,突发心脏病去世,年仅47岁。

一个基层民警,没有轰轰烈烈的壮举,何以他的那张笑脸能走进千万人的心里?也许他曾经说过的一句话能告诉我们答案:"人活着就要做点儿事,咱为老百姓做点儿实事,不就是咱人民警察的价值所在嘛!"

从初到社区的"吕警官"到百姓心里的"吕村长"
——那张笑脸成了村民认识他的"身份证"

石家庄市留村是吕建江警察生涯的"第一站",提起他的名字,村里无人不晓,村民们回忆都说:"老吕这个人爱笑,无论什么时候都是乐呵呵的样子。"

留村是一个城中村,位于四县区搭界处,本村人口两三千人,外来人口一万多人,人口流动性强,村里开着许多小作坊、养殖场,治安相比其他地方可谓混乱。换了几任民警,都头疼不已。

2004年,吕建江脱下绿军装,放下军医身份,转业来到留村当警察,虽然跨度非常大,但他一干就是六年。

李振杰是留村社区原治保会主任,他至今仍清晰记得吕建江刚来时候的样子:"他这个人刚开始话不多,但是喜欢笑,第一次见面,他上来就跟我说'我现在的任务就是让村民认识我、我认识村民,所以想找个地头熟的人带着,熟悉一下村里环境,你看是否能帮忙?'"

留村村民张画芳对初来乍到的吕建江印象也非常深刻。

在她的记忆中，无论去留村哪个地方巡查，吕建江都随身背着"两件宝贝"——血压计和听诊器，遇到上岁数或者身体不舒服的，就帮着量量血压、听听心肺，讲点儿医疗知识。"那会儿，我们都知道村里警务室来了个会瞧病的吕警官，人挺和气。"张画芳描述。

就这样一来二去，吕建江很快在留村扎下了"根"——谁家多少人，邻里关系怎么样，有什么想法、什么盼望，都摸了个清清楚楚。与此同时，村民对吕建江的称呼也从"吕警官"变成了"吕村长"、"吕哥"。

人心就是一杆秤。留村警务室民警韩文国与吕建江曾经共过事，他坦言，吕建江在村里口碑好，是因为他真的为老百姓贴心贴肺地办实事。

留村有个女住户叫丁忠光，是在福利院长大的孤儿，后来当了工人、成了家。2004年下岗后，为了生计，她在留村市场租了个摊位，卖针头线脑。吕建江走访时告诉丁忠光："以后有难处，记得找我。"丁忠光半信半疑，以为是这位爱笑的警察说的漂亮话。不久，摊位到期了，她鼓足勇气去找吕建江。吕建江二话没说，给她协调了一个新摊位，还减免了一半的费用。后来摆摊不挣钱了，丁忠光又找到吕建江，吕建江把她介绍到网吧做保洁。城市改造时网吧拆除，吕建江又给丁忠光介绍了新的工作。

丁忠光说："自己没有父母，从吕哥那里得到的，是如同亲人一样的温暖。"

从分片的辖区到不分片的网络
——那张笑脸成了网友遇事求助的"二维码"

打开"老吕叨叨"的微博,吕建江的微博头像吸引了记者的注意——他手持电话,一边含笑,一边叨叨着,举手投足间显得亲切、自然、温和,让人没有丝毫距离感。

谈起"老吕叨叨"微博的由来,这幕后的"网事"其实还得从留村说起。

"社区警务的一项重要工作是基础信息采集。老吕那会儿就想,要是能把留村的资料建个网上数据库,查找起来岂不更方便、更快捷?"石家庄市公安局桥西分局汇通派出所所长王凤丑至今回想起来,老吕"触网"的情景依然历历在目。

王凤丑介绍,为了弄懂弄通电脑网络知识,那些日子,吕建江就买来专业书一点儿一点儿地"啃",趴在电脑上一步一步地试。半年后,留村社区电子信息库终于建成,同事们看他点儿下鼠标,居民、租户信息,街道单位的实景照片、结构布局,一目了然,都竖起大拇指。

尝到科技信息化手段的甜头,吕建江便开始琢磨建设网上警务室的事情。但是,办一个网站可不是件简单的事,白天还要上班、执勤,吕建江只能利用业余时间来准备。经过一周的努力,2009年2月,吕建江终于注册开通了"留村社区网上警务室"。同时,他还在网上公布了自己所有的联系方式,承诺24小时在线,随时接受群众咨询。

2010年微博兴起，吕建江又紧跟潮流，在新浪网开通了实名认证微博"片警吕建江"。有了这个平台，他就运用网友喜爱的网言网语，叨叨治安防范知识，揭露各种谣言骗局……而从那之后，他不仅把自己变成了一个"永不下班的民警"，而且服务范围更是远远超过了自己的辖区。

侯龙是吕建江在警务站工作的同事，他说："吕主任叨叨这个，叨叨那个，叨叨时间长了，然后就有人说'你看，你这个婆婆嘴，老叨叨老叨叨，以后你就叫'老吕叨叨'吧？'"

于是，现实生活中叨叨小事的老吕，在网络世界里开启了另一种叨叨模式，但还是那样家长里短，还是那么苦口婆心。

"老吕叨叨"热心肠。有一次，老吕和往常一样，一边

现实生活中叨叨小事的老吕，在网络世界里开启了另一种叨叨模式

吃饭一边刷着微博，突然看到一个网友求助："从邯郸广平县到石家庄的救护车在308国道上，病人腹痛难忍、几度休克，要转诊到省四院，路怎么走？"他立刻放下饭碗，上网搜索出一条最快捷的行驶路线，连同自己的手机号一起发了过去。接着，又与河北交通广播电台联系，请直播节目主持人空中导航，呼吁沿途车辆避让。考虑到救护车司机路线不熟，他当机立断，安排值班民警开警车前去接应……结果，平常开车需要二十多分钟的路程，救护车只用了五分钟就顺利到达医院，脾脏破裂的病人得以及时救治。

事后有人问吕建江，事情不发生在你的辖区，你又是何苦？他却说："老百姓的事都是分内事，可不能划片。"

从他乡异客到敬为知己
——那张笑脸成了照耀路人的"指明灯"

吕建江的那张笑脸早已融化在人们的心里。他去世消息传开后，全国各地有数十万网友纷纷在网上留言，深切怀念他，更有上千名群众自发地去送别。

在送别的人群中，有一位山西姑娘，更是泣不成声。她是连夜从山西赶来的，吕建江曾救过她的命。

"没有吕叔，我早就不在这个世界上了。"姑娘噙着眼泪说，三年前的一天，她通过新浪微博私信咨询老吕"怎么自杀救不活"，吕叔在私信里劝了她五个小时，直到她放弃了轻生念头。吕叔和她约定，到石家庄请她吃饭，没想到第一次与吕叔见面竟是永诀。

和这位山西姑娘一样，晨曦也没来得及亲眼见见老吕，见见他微笑时候的样子。

"我在北京打工，一人在外总会遇到各种问题，每次都是在网上咨询吕哥，然后他总会热心帮忙想法子。我总麻烦他，就想着北京离石家庄这么近，总能找着机会当面感谢他，没想到，我来晚了……"回想起吕哥帮助的点点滴滴，晨曦止不住地哽咽。

严爱国是河北爱心救援队的队长，他平时隔三差五就到吕建江所在的警务室坐坐，请老吕为他出谋划策，怎么样把救援队越办越好。"他这个人整天笑眯眯的，感觉天生就是这样，所以我总喜欢去他那儿。他是我们救援队第54号志愿者，现在他虽然不在了，但是54号志愿者号码，我们将永远为他保留着……"

"小角色，大担当。吕建江能把群众身边的小事当成自己的大事，因为他心里一直揣着人民。"石家庄市公安局桥西分局局长马立新说。

（原载《人民公安报》2018年4月17日）

"老吕叨叨"没走,已让微笑盛开在每一位群众的脸上

——追记石家庄市公安局桥西分局安建桥警务站原主任吕建江(下)

周旭亮　张建林

2017年12月5日,吕建江走了五天后,他曾经战斗过的石家庄市公安局桥西分局安建桥综合警务服务站正式更名为"吕建江综合警务服务站",这是河北省第一个以个人名字命名的警务站。

2018年1月1日,警务站的同事重启"老吕叨叨"的微博,接续更新着博文,继续开展网上便民警务……

吕建江曾经说过:"我这个工作做不完,微博或者微信上,网友问我问题,我不能不回复人家。"如今,吕建江未竟的事业,已有无数个"吕建江"接过了"交接棒"。

"老吕叨叨"没走,就像警务站外一株株鲜艳盛开的海棠花一样,沁人心脾,迎风而笑……

十三年警察生涯,吕建江做的都是点点滴滴的小事,但他却为做好基层警务工作留下了最宝贵的经验,就是要

笑对群众——

"我做不了惊天动地的大事，但为群众服务是我的强项"

"我们警务站现在每天早点名，第一个点的是吕主任的名字，他是我们永远的战友和大哥。"吕建江综合警务站主任王永辉说，选在2018年1月1日这个日子，重新启动"老吕叨叨"的微博，就是要做到不忘记好战友好同事，不忘记老吕是我们警务站的一员，不忘记人民警察为人民的崇高使命和庄严承诺。

王永辉介绍，吕建江生前在七年半的时间里共发布了17357条微博。现在，重新启动"老吕叨叨"微博后，粉丝涨了3000多个，发了700多条微博。

"刚接手这个微博的时候，我也很迷茫。毕竟我不是老吕，很担心网友会不接受我。后来一个网友跟我说，只要你心里装着对群众的热心、耐心和诚心，是真心实意为人民群众服务的，大家就一定会接受。"微博重启的这几个月，让王永辉对做好群众工作又多了一层体会。

张金茂是吕建江综合警务站最年轻的警务人员，当初，正是师傅吕建江把他领进门。"'刚才那是我们的家，以后我天天带着你遛弯'，我到现在都记得师傅在我刚来警务站的时候笑眯眯地对我说的这句话，我感觉他真是把社区当成了自己的家，把社区群众当成了自己的亲人。"师傅的突然离去，张金茂感觉在工作中少了"主心骨"。

在张金茂的印象中——孩子落户应准备哪些材料，丢失物品去哪里登记，驾驶证到期怎么换证……网友的问题五花八门，而师傅的回答从来都是不厌其烦，有时候深更半夜还在回复咨询。

吕建江周围的人都说，正是这份执着和情怀，让他十三年的"警察故事"里，创造了河北警界网络服务群众的多个第一：2012年，他创办了第一个警方公益网站"石家庄失物招领网"，如今该网站已经升级拓展为"河北省失物招领网"；2013年，他开发了第一个"代码移车卡"平台；2014年，他又开通了首个民警个人微信公众号"石门叨叨警"……

难怪网友们由衷地称赞说："老吕叨叨"有四个"口"，个个都是为民服务的好窗口。

2004年，吕建江从部队转业回到石家庄，成为留村社区的一名民警。从医生到民警，这两种职业的跨度非常大，放弃热爱和精通的老本行，吕建江始终无怨无悔，笑对转变——

"警服就是我的第二身军装，在哪儿都是为人民服务"

1989年，吕建江高中毕业参军入伍。当兵第二年，他成功考取了第四军医大学。作为大学同学，白求恩国际和平医院神经外科主任乔民对老同学吕建江的性格最了解："他一生都怕给人添麻烦，什么事情都宁肯自己吃亏。"

吕建江从部队转业前夕，乔民劝他："要是不愿意转业，就找找组织，争取留下。"而吕建江却告诉他："不愿意给组织添麻烦，让转业就转业吧，到哪儿都是干工作，让我干什么就干什么，革命战士一块砖，哪里需要哪里搬。"

就这样，吕建江转业回到石家庄，经过报名、考试，成了一名社区片警。

但是，回到地方，吕建江并没有放弃在部队时的拼劲。他尽全力扭转留村的治安状况。从早到晚都扎在村里，入户走访，治安巡防。有时候，他忙着处理家长里短。东家有了纠纷，他撂下饭碗就去说和；西家养的牲口不见了，他骑上自行车就去帮忙找；有人来办事，他总是笑眯眯地耐心讲解，贴心地把群众当家里人……

后来有了互联网办公，他就又把这股劲头转移到网上，并不断放大自己的服务能力。

李双峰是石家庄当地某知名微博的博主，因为需要交流微博运营经验，他与吕建江相识。"吕哥这个人虽然爱笑，但是做事严肃认真，特别是在利用网络服务群众这方面，我感觉他穷尽了服务群众的各种方法和手段。"

吕建江去世那天，李双峰的电话被各地网友打爆了，他难以相信这么一位活生生、乐呵呵的老大哥就这样离开了。"我印象特别深的是，他用的手机以前一直很旧，我劝他多少次了，才换了一部新的。我现在去他工作过的警务站，看到这部新手机静静地躺在桌子上，总能想到我们一起聊天的场景……"说着这些话时,李双峰心头感到很难受。

转业到留村工作的六年多时间中,吕建江共帮助 300 余名社区群众办理户籍迁移或咨询服务,调解纠纷 500 余起,发布预警信息和收集各类有用信息累计 5000 余条,抓获犯罪嫌疑人 30 余名。

"为民初心伴随了他一生,无论到哪里,他都没有改变过为民服务的底色。"吕建江战友、陕西省西安市公安局经济技术开发区分局副调研员王少君这样评价他。

对家人,他饱含深情;对百姓,他奉献丹心,当生命与使命相连,当"小家"与"大家"交集,吕建江把他的生命化为无尽的爱,笑对人生——

"老百姓感到安全方便了,我的中国梦就实现了"

"平时看着乐呵呵的,怎么一请吃饭就那么难说话?"留村的村民对吕建江都有这样的一个印象。从警十三年,吕建江从没有办过一起"关系案"、"人情案",从未遭到群众投诉。

吕建江常说一句话:"干干净净做人,心里最踏实。"他去世后,曾多次受到他帮助的下岗女工丁忠光第一次打听着找到他家吊唁。看到他家家徒四壁,连遗像都没有像样的桌子来安放,只摆在家里最显眼的冰箱顶上时,丁忠光泣不成声。

吕建江一直很节俭，一件咖色西装穿了十多年，领子都磨破了也舍不得扔。吕建江妻子崔利平回忆，后来，她在网上花了228块钱给吕建江买了件灰色西装，然后对女儿说，这是你爸爸最贵的衣服。吕建江听了，笑呵呵地拍着身上的警服说："老婆，这才是最贵的，金不换！"

对自己节俭，但对群众却慷慨。2009年，吕建江为了方便群众，建立网上警务室，自掏腰包三千多块买各种设备。后来创办"失物招领网"，他又是从家里拿出去五千多块。虽然钱不多，但是对本不富裕的家境来说，这已经不是小数目，何况妻子崔利平当时还没有工作。

"他不是不向组织提要求，只不过从来没有自己的，都是关于群众的，甚至是互不相识的。"石家庄市公安局桥西分局政委高文华回忆。

吕建江生前对人说："我就想做一些力所能及的小事，只要老百姓感到安全了、方便了，我的中国梦就实现了。"崔利平说，这是丈夫坚定不移的初心。

清明前后，很多人来到吕建江综合警务站前进行悼念。在他们心中，"老吕叨叨"没走……

（原载《人民公安报》2018年4月18日）

一生追求,只为百姓平安幸福
——"时代楷模"吕建江先进事迹发布活动侧记

周旭亮　赵晓渊

"哪怕荆棘挡住前路,看不清是迷雾,未来的手啊牵着你,你还要走,没有尽头不能停留,一生别无所求……"

《一生别无所求》这首歌,曾经伴随着电视剧《公安局长》火遍大江南北。如今这首歌曲纪念的是一位现实生活中的基层民警,他十三年来扎根基层、服务群众,被称作"不下班的好民警",他就是河北省石家庄市公安局桥西分局安建桥综合警务服务站原主任吕建江。

4月17日,中共中央宣传部追授吕建江同志"时代楷模"称号,并向全社会公开发布他的先进事迹。4月13日,"时代楷模发布厅"录制活动在中央电视台举行。

一句句朴素话语寄托了为民初心,一段段平凡"网事"记录了便民足迹——活动现场,人们再次为吕建江的先进事迹而感动。虽没有豪言壮语和丰功伟业,吕建江用他的满腔赤诚践行了一位人民警察忠诚为民的职责与担当。

一心为民服务

13日下午2时30分,中央电视台演播室的大屏幕上,雷锋、焦裕禄、王进喜……一个个熠熠生辉的名字,穿过历史的长河,缓缓向人们走来。如今,他们中又多了一个名字:吕建江。

"2017年12月1日,这个名叫'老吕叨叨'的微博暂停了更新。它的主人,石家庄市公安局桥西分局安建桥综合警务服务站原主任吕建江,在这天凌晨因长期劳累、积劳成疾,突发心脏病去世,年仅47岁……"伴随主持人的介绍,吕建江一心为民的往事在大屏幕上重现。

面对镜头,吕建江曾经工作过的留村村民一个个都竖起了大拇指:"吕警官真是不下班的人民好警察,从早晨到晚上在社区里巡查"、"他这个人爱叨叨,但叨叨的都是老百姓的事情";"老吕是退伍不褪色,他是人民的好警察,我佩服"……

每一句饱含深情的话语,都发自村民的心底,也感染了现场所有人。如今,吕建江虽然离开了,但是他的精神依然活在人们心中。

"人心就是一杆秤。老百姓都看得出来,吕警官是真心实意、想尽一切办法为大家好,人们开始打心眼里敬重他、亲近他,对他的称呼也从'吕警官'变成了'吕村长'。"

活动现场,石家庄市桥西区留村社区治保会主任张志杰回忆。

刚到留村的时候,吕建江随身背着"两件宝"——血压计和听诊器,遇到上岁数或者身体不舒服的群众,就帮着量量血压、听听心肺,讲点儿医疗知识。没过多久,村里人都知道了,警务室来了个会看病的吕警官,人挺和气。

"大家虽然都叫他'老吕叨叨',但是他从来没跟领导叨叨过,还自掏腰包,主动帮助了很多困难群众。老吕走了,再也听不到他的叨叨声了,我们真是舍不得。"回答主持人提问,石家庄市公安局桥西分局政委高文华有些哽咽。

人民高于一切,百姓就是亲人。吕建江以实际行动践行了为民服务的铮铮誓言。

不改忠诚本色

上世纪五十年代末拍摄的一部电影《今天我休息》,讲述了民警马天民利用星期天的休息时间随时随地帮助群众排忧解难的故事。

当大屏幕上这一幕再现,人们想到了吕建江。大家都说,在老吕身上,看到了一个新时代的马天民,因为他们都是基层民警,都在用寻常而又无私的爱传递真情。

近些年来,吕建江不断探索网络便民服务的新手段。为此,他先后创造出了河北公安系统多个第一:全省第一个网上警务室,全省第一个民警实名微博,全省第一个公益失物招领网,第一个警察微信公众号,第一个便民移车卡……

有人说,每一个纪录背后,都是因为吕建江心里揣着群众的难处。

石家庄市公安局桥西分局民警张金茂是吕建江的徒弟。有一次,吕建江让张金茂把大大小小失物信息都详细录入到失物招领网,连一个削铅笔刀也不落下,这让张金茂觉得有些憋屈。于是,他忍不住小声抱怨:"这么小的东西估计没人会找,录它干吗?"这个时候,师傅吕建江却说:"再小的东西也是老百姓的东西,再小的事儿在老百姓眼里也是大事儿。"

人民公安为人民,吕建江站在人民的立场,对"小"和"大"的关系作了生动诠释。

活动现场,丈夫为处理群众事务而累得发晕的场景,再次浮现在妻子崔利平的心头。"多少次,我半夜醒来,他还在客厅,在网上解答群众的咨询求助……我埋怨他,劝他早点儿休息,他却安慰我说'我是留村社区民警,留村的事就是我的事,我能不管吗'……"话没说完,崔利平眼角泪水已经落下。那一刻,现场所有人无不对老吕心生敬意。

吕建江在留村社区工作近七年,先后帮助300余名社区群众办理户籍迁移和咨询服务,发布预警信息和收集各类有价值信息5000余条,调解各类纠纷500余起,抓获各类违法犯罪嫌疑人30余名。在担任警务站主任的六年间,他带领同事们调解各类纠纷1600余起，抓获各类违法犯罪嫌疑人200余名……他的好友、河北省公安厅宣传处处长贾永华告诉现场观众，吕建江做的事情，其实很多是这组数据所不能完全反映的。"这些年来，他的网上群众工作开展得风生水起，但同时也没有了上下班之分。他为百姓解决了很多难事、烦心事。我每次见他，基本上说不了三句话。"

心中有信仰，脚下就有力量。对吕建江来说，忠诚是他的人生本色，为民是他的不变使命。

牢记使命担当

"我们今天回顾吕建江，既是致敬，更是传承。吕建江的精神已化作时代的脉动、前进的力量，成为每一名共产党员担当使命、书写答卷的精神坐标。"当主持人用精当的话语，点出了吕建江精神的本质，全场再次爆发雷鸣般的掌声。

掌声中，吕建江的妻子崔利平替丈夫接过了"时代楷模"奖章和荣誉证书，女儿吕子田接受少先队员献上的鲜花。吕子田深情地说："爸爸，现在我也在公安系统工作，我一定会继承你的遗愿，从小事做起，努力成为'小吕叨叨'。"

朴素的话语里面饱含着真挚的情感。现场观众报以热烈掌声。

吕建江走后的第五天，2017年12月5日，吕建江坚守

吕建江的妻子崔利平替丈夫接过了"时代楷模"奖章和荣誉证书

六载的安建桥综合警务服务站正式更名为"吕建江综合警务服务站"。吕建江综合警务服务站主任王永辉说,这是一座丰碑,永远矗立在人民的心中。

2018年1月1日,吕建江的同事们重启了"老吕叨叨"微博。吕建江虽然已经离我们远去,但"老吕叨叨"不会下线,吕建江的精神将永垂不朽。

深情的歌声久久回荡,人们沉浸在对吕建江的深切缅怀当中。中国人民公安大学学生孔梓源难掩心中的激动,他表示:"我很快就会成为一名正式的人民警察,我将以吕建江为榜样,无论在什么岗位都要全心全意为人民服务!"

(原载《人民公安报》2018年4月18日)

不忘初心写赤诚　为民服务不停歇

报告团成员深情讲述"为民服务的好民警"吕建江

周旭亮　任天行

经久不息的掌声一次次响起，献给"时代楷模"吕建江。

4月19日下午，吕建江同志先进事迹报告会在北京人民大会堂隆重举行。伴随报告团成员声情并茂的讲述，"时代楷模"吕建江那一桩桩爱岗敬业的感人事迹、一幕幕为民服务的动人情景，再一次呈现在大家的面前。报告会上，五位最了解吕建江的报告团成员，传达着一个共同的心声——"吕建江没走，他的精神正激励和感召无数个'吕建江'，为人民群众的平安幸福而矢志奋斗……"

对党忠诚，信仰坚定

吕建江有很多身份，但他最看重的是这个：党员吕建江。

"我是山沟里出来的穷孩子，没有组织就没有我的今

2018年4月19日,吕建江同志先进事迹报告会在人民大会堂举行

天,咱要懂得知恩图报。"老同学吕建江曾经说过的这句话,让报告团成员、河北省利美信息技术有限公司副总经理付云川向现场观众转述时眼角有些湿润。

付云川清晰记得,1994年11月的一天,吕建江给他打来电话,特别激动地说:"云川,我入党了!"

"那一刻,我由衷地为他高兴,因为这是他一直不懈追求的目标。"付云川感慨地说。作为多年的老同学,他最了解吕建江。对吕建江来说,入党绝不是为了捞张"党票",他视使命、责任重于泰山。

在工作中,吕建江永葆对党忠诚的政治本色,向人们展现了一名优秀党员民警的光辉形象。

报告团成员、石家庄市公安局桥西分局政委高文华认为，吕建江是在用责任诠释忠诚，"他个头儿不高，说话带笑，看上去憨憨厚厚，还有那么一点儿土气。外表普通的他，其实比我们很多人都'潮'。他的'潮'体现在，多年来把网络作为服务人民群众的新阵地。"

用对党忠诚铺就人生底色，用实际行动诠释不变初心。"吕建江虽然走了，但是他忠诚为民的精神将薪火相传，生生不息。"高文华表示，对党忠诚，永远不忘初心，成就了优秀共产党员吕建江，也将共产党人的高大形象镌刻在人民群众的心中。

不忘初心，竭诚为民

民心深处有丰碑。报告团成员、河北广播电视台记者温丽丽曾多次深入采访吕建江，也一次次探究着一个问题的答案："无论军营还是警营，为什么他始终热爱捍卫平安的职业？无论琐碎还是繁重，为什么他始终把人民群众的平凡小事放在心上？"

吕建江的一句话给了她答案——不管在哪里，我都要对得起"党员"这个称号，都要记住警察前面有"人民"二字。

心中有信仰，脚下就有力量。演讲中，温丽丽眼含热泪告诉现场观众，她眼中的吕建江除了一心为民，真的一生别无所求。"只要是群众的事，就是他自己的大事，他把人民群众的安危冷暖时刻挂在心上，不论片内片外，不管上班下班，都尽心竭力地为群众解难事、做好事、办实事……"

将"人民"二字放在心中重要位置的吕建江，生命却永远定格在了47岁。他以生命书写了对人民的热爱，也让共产党员一心为民的形象在人民群众心中熠熠生辉。

在报告团成员、石家庄市桥西区留村社区治保会主任张志杰心中，吕建江一直是他们留村的"吕村长"。"今天的留村社区，环境更漂亮，人们生活更好了。虽然吕哥离开了我们，可在留村百姓的心中，他永远是我们至亲至爱的'吕村长'！"

全心全意为人民服务的根本宗旨从来不是一句空话，吕建江心里永远装着群众，视群众如亲人，也因此赢得了人民群众的信任和赞誉。在张志杰看来，这是因为"吕村长"始终在提醒自己——"别让老百姓戳咱脊梁骨"。

把一件件家长里短的"芝麻小事"做到了群众心里，吕建江才被群众看作家里人、贴心人。张志杰说，吕警官是真心实意、想尽一切办法为大家好，人们是打心眼里敬重他、亲近他。

英勇无畏，执法公正

一个把事业看得比生命还重的人，一定会收获更有价值的人生，必将作出非比寻常的贡献。

吕建江虽然离开了我们，但他十五年的军旅生涯、十三年的警营历程，走得坚实，走得出彩。"在网上，把自己晾晒出去，这是他的自信；24小时接听来电的承诺，这是他的担当！"高文华说，辖区群众遇到困难之所以第一个想到吕建江，是因为信任他。

吕建江从警以来，先后担任社区民警、派出所副所长、综合警务服务站主任，始终处在基层执法服务第一线。无论在哪个岗位上，他都坚持秉公执法、依法办事，做到了以法有据、以理服人、以情感人。

吕建江刚到留村工作时，适逢社区出租屋流动人口登记，但是有的租户安全意识不够，工作一直没有进展。张志杰介绍，吕建江到村后，不仅积极核查登记，而且带头抓获了一名嫌疑人。"这个案子在村里引起了轰动。吕哥抓住时机，用案说法。从那以后，大伙儿都开始按规定登记、到警务室备案了。"

"大音希声，大象无形。"人们怀念吕建江，是感念他踏踏实实、用心付出的实际行动，更表达了对他忠于使命、勇于担当、无私奉献精神的崇高礼赞。"从他帮助别人后的喜悦中，我感受到的既是'医者仁心'，更是军转干部的责任、人民警察的担当。"付云川告诉现场观众。

克己奉公，淡泊名利

吕建江诠释了一名人民警察对党和人民的无限忠诚，

他是近年来公安机关涌现出的优秀民警的杰出代表，是全国公安机关和广大公安民警学习的楷模。

在报告团成员、吕建江爱人、石家庄市桥西区新石街道办事处社区工作者崔利平看来，丈夫是把生命化作了无尽的爱，这是他的人生力量。

当年，吕建江顺利考上第四军医大学（现中国人民解放军空军军医大学），而崔利平还是个农村姑娘。崔利平自感现实差距，打算结束二人的关系。但是吕建江的一句话打消了崔利平的顾虑，并且温暖了她一生——"你放心，我还是我，我是不会变的！"

"不会变"这三个字，吕建江做到了一生坚守，就像他一生对群众的承诺："群众的事再小也是大事，自己的事再大也是小事。"

熟悉吕建江的人都知道，吕建江为群众解决问题很有办法，可自家的事就是"办不成"。他曾"利用职务之便"给低保户丁忠光先后找了三份工作，但却对在家待业三年的妻子"不上心"，直到2007年崔利平才申请到公益岗位。

因为采访吕建江，温丽丽经常去他家里。"老吕的家里并不宽裕，一家三口挤住在两间小屋子里，生活非常简朴，他身上的衣服来回就那么两件，背包破了拿胶水粘粘，手机壳裂了还舍不得换……"报告会上，温丽丽深有感触地说，生活虽然清苦，但不能动摇吕建江对底线的坚守。

高文华透露，从警十三年，吕建江从来没有办过一起

2018年4月,吕建江同志先进事迹图片展在石家庄举行

"关系案"、"人情案",从来没有出现过一起群众投诉。思想上一尘不染,行动上一身正气。

不凡的精神品质感染心灵,高尚的人格魅力无远弗届。吕建江虽然走了,但是精神之光璀璨照人。

(原载《人民公安报》2018年4月20日)

让楷模精神成为一种信仰

吕建江先进事迹在河北引起强烈反响

张建林　谌　璐　臧新茂

他像一个里程碑,成为丈量信念的新标点;他像一座山峰,成为考量忠诚的新高度。

4月17日,中共中央宣传部追授吕建江同志"时代楷模"称号,中央媒体和河北媒体也集中报道了吕建江的先进事迹。连日来,在燕赵大地上涌动着一股学习吕建江同志先进事迹的热潮。

宣誓了,就要忠诚一生

无私奉献、廉洁奉公,是吕建江为全省各级党员干部树立的新时代公仆形象,也激励着全省各行各业的每名党员干部。大家表示,要以吕建江同志为榜样,始终牢记共产党人的初心和使命,自觉践行"四个意识",立足本职、苦干实干、扎根基层、热情服务群众，为建设经济强省、美丽河北贡献自己一份力。

"每看一篇写他的报道、重温一次他的故事，就会被感动一次。"河北省委政法委宣教处副调研员冯波说，无论工作如何变化、岗位如何调整，吕建江都以坚定的理想信念和强烈的责任担当，忠实地履行工作职责，十几年如一日兢兢业业为群众服务。"我们学习吕建江，不应只是学习他的事迹，而是要学习他不忘初心、牢记使命的政治本色，学习他对党忠诚、一心为民的坚强党性，始终用高标准严格要求自己，以实际行动保持共产党员的政治本色。"

4月12日上午，河北省委、省政府在石家庄召开吕建江同志先进事迹报告会。报告会上，记录着吕建江同志先进事迹的视频短片集中展现了他心系群众、无私奉献的一生，再现了吕建江同志生前一个个生动感人的场景和瞬间。真挚的感情、真实的故事，深深感染着在场的每一名干部群众，很多人流下热泪，会场内不时响起热烈掌声。

选择了，就要对得起

吕建江是对党忠诚、服务人民、执法公正、纪律严明的新时代楷模，是尽忠职守、建设平安河北的杰出榜样。连日来，河北公安系统广大党员干部，通过报纸、电视、网络收听收看了吕建江的先进事迹，大家纷纷表示，要认真学习吕建江先进事迹，让楷模精神发扬光大。

为了认真学习吕建江同志的先进事迹，邯郸市公安局组织开展了主题教育实践活动，在全市公安机关形成对标先进、争先创优、比学赶超的浓厚氛围，不断强化民警政治信念和纪律作风，教育广大民警旗帜鲜明讲政治，忠诚履行使命。

成安县公安局民警姚瑞红说："吕建江同志牢记人民警察职责使命，扎根公安基层，尽心竭力为群众解难事、做好事、办实事，在平凡的岗位上创造了不平凡的业绩，是我们每一名民警学习的好榜样。在以后的日子里，我会更加尽心尽力为群众服务，以实际行动践行一名人民警察的职责。"

"吕建江多年来扎根社区，始终把百姓的小事当作自己的大事。他心里装着群众、热情服务群众、一切为了群众，尽其所能为群众解难事、做好事、办实事。他用实际行动诠释了兢兢业业、无私奉献的工作作风。"保定市公安局交警支队宣传科科长高峰说，"我们将牢记吕建江的为民情怀，把群众的事当成自己的事。"

"我早就从媒体上看到过吕建江同志为群众服务的事迹，印象最深的就是他的微博'老吕叨叨'。"威县公安局方营派出所所长李洪涛说，"吕建江用实际行动拉近了警民距离，我们将以吕建江同志为榜样，立足本职岗位，时刻牢记使命、脚踏实地、不忘初心，尽心竭力为群众排忧解难，更有效地为群众服务、为辖区打造平安稳定的治安环境。"

认准了,就要不遗余力

吕建江始终牢记人民警察的宗旨使命,热情为群众服务,以实际行动赢得了人民群众的信赖,是引领示范全省各行业党员干部的一面旗帜。

同为一名转业干部,河北省人民检察院侦查监督二处高级检察官刘谨有着与吕建江相似的人生经历,对吕建江的先进事迹有着更多的体会和感动。

"吕建江是军队退役人员的先进典型,他没有惊天动地的大事,而是认认真真工作,在一点一滴的奉献中,尽心竭力为群众解难事、做好事、办实事。"刘谨说,自己与吕建江虽然职业不同,但是工作目标是一致的。今后要以吕建江为榜样,增强宗旨意识,严格依法办案,充分发挥检察监督职责,在平凡中创造不平凡的业绩。

"吕建江是全省政法战线优秀干警的代表,他干一行、爱一行、专一行,虽然他走了,但他敬业奉献的结晶——'老吕叨叨'仍在延续。"衡水市冀州区人民检察院的刘延岭表示,将学习吕建江刻苦钻研业务的精神,学习他在工作中的忘我精神,从自身做起,从小事做起,通过不断增强自己的能力来提升工作质效。

吕建江同志长期工作在一线,在平凡岗位上做出了不平凡的业绩,在平凡的工作岗位上实现自己为人民服务的价值。他用实际行动,真正做到了只有心里装着群众,时刻想着群众，热情服务群众，用自己的实际行动践行社会主义核心价值观，才能更好担负起平安建设的任务。

秦皇岛市海港区燕山大街街道天洋新城社区居委会工作人员许静表示，作为一名社区基层服务人员，要学习吕建江同志信念坚定、忠诚履职的政治品格，要时刻谨记"为人民服务"的职责，牢记共产党员的神圣使命和责任担当，在自己的工作岗位上贡献光和热，服务好每一名居民。

"作为一名大学生，吕建江同志的事迹对我的触动很大。在以后的学习生活中，我要向吕建江同志学习，不断磨砺自己的品格和意志，牢固树立正确的世界观、人生观、价值观，自觉抵御错误思想。同时，以昂扬的斗志和不怕吃苦、甘于奉献的精神，为推进社会主义现代化建设贡献出自己的一份力量。"河北科技师范学院文法学院学生李欣说。

（原载《人民公安报》2018年4月20日）

"老吕叨叨"永不下线
为民初心感动社会

"时代楷模"吕建江先进事迹引发媒体和网友热切关注

王文硕　吴昊坤

"愿意叨叨你的人，才是真正在乎你的人"；"民心深处有丰碑，向吕建江警官致敬"……4月19日，"时代楷模"、河北省石家庄市公安局桥西分局原安建桥综合警务服务站主任吕建江同志先进事迹报告会在北京人民大会堂举行。这场报告会通过互联网实时直播，引起了广大网友的强烈反响。

自4月16日起，根据中宣部统一部署，经公安部宣传局积极协调，中央媒体、重点新闻商业网站和新媒体平台集中宣传报道了吕建江的先进事迹，在警营内外引发强烈反响。

媒体矩阵同频共振，引网友强烈共鸣

"我是石家庄一家媒体的责任编辑，之前经常跟'老吕叨叨'互动。他常常就群众咨询的出行问题@我，那时总觉得这位民警什么事情都要管一管、问一问、回一回，很亲切，甚是怀念！"网友"静香雪儿"在光明日报微信公众号发布的《吕建江的故事戳中网友泪点》一文后留言。

"一字不漏看完了，国家的好干部，为人民服务时刻记挂在心，很感动，一路走好！""英雄远去，精神不死，浩气长存！"……4月17日，中宣部追授吕建江同志"时代楷模"称号，并向全社会发布他的先进事迹。新华社、光明日报等中央主要媒体陆续对吕建江同志先进事迹集中宣传报道，在各地引发强烈反响。

吕建江的微博"@老吕叨叨"曾是备受网友欢迎的公安微博，他本人也因此成为网络红人。然而，微博"@老吕叨叨"的更新却永远定格在了2017年11月30日下午。一段段饱含深情的留言，一句句感人肺腑的话语，都传递着网友们对吕建江的缅怀与敬意。

4月16日起，中央媒体、重点新闻商业网站和新媒体平台同频共振、集群共鸣，重点报道了吕建江的先进事迹、"时代楷模"吕建江发布活动，社会各界热烈反响，形成了线上线下结合，传统媒体和新媒体结合，自有媒体和社会媒体结合的宣传声势，引发了社会各界的深切感怀和极大关注，迅速掀起了广大党员、干部、民警学习吕建江先进事迹的热潮。

多波次不间断推送，"老吕叨叨"成"网红"

"扫码观看吕建江先进事迹报告会网络直播！"4月19日清晨，许多人的微信朋友圈都被一张特殊的公益海报刷屏了，各地公安民警自发转发形成接力之势。在这张吕建江先进事迹报告会的公益海报上出现了二维码，"网络直播，扫码观看"的宣传语吸引了众多网友实时在线观看。

"吕建江应该是这个时代真正的'网红'"；"希望多一些吕建江这样接地气的好民警上热搜"；"老吕，请一路走好，谢谢你的付出"……4月19日下午，人民网、新华网、央视网、中国警察网实时直播吕建江先进事迹报告会，报告团五位同志分别从不同侧面、不同角度生动介绍了吕建江的事迹，许多网友受到了强烈的心灵震撼和深刻的思想洗礼。

《为人民服务"不下班"——追记好警察吕建江》《老吕，还想听你再叨叨》《领悟吕建江"小和大"的辩证法》《"老吕叨叨"永不下线》……4月16日起，人民日报、新华社、中央电视台等中央主要媒体分别在重要版面、重点栏目、重要时段进行了深入报道。

解放军报、光明日报、经济日报、中国青年报、法制日报、中国新闻社、河北日报、河北广播电视台等中央、河北省内主要媒体，也进行了集中深入报道。人民公安报

通讯·评论

4月19日清晨,许多人的微信朋友圈都被一张特殊的公益海报刷屏了

连续在重要版面刊发《"老吕叨叨"走了,留下那张总被百姓念叨的笑脸》《微笑,人间最美的表情》等人物通讯和短评,第一时间刊发"时代楷模"吕建江发布活动、公安部作出学习决定等消息,推出整版公益广告,并对各地公安民警热烈反响进行了集中报道,中国警察网开设"时代楷

模"吕建江专题网页,"两微一端"平台共推出文字、图片、视频等融媒体报道100余篇。

《China Daily》以《'Model' police officer hailed for lifetime of dedication》为题大篇幅报道了中国警察吕建江的事迹。

4月19日,公安新媒体矩阵联合传统媒体"两微一端"在吕建江先进事迹报告会前集中发布公益海报,并在四大网站进行实时直播,取得了广泛的社会影响。

"以前不知道老吕,现在知道他十三年来不厌其烦地为老百姓做实事、做好事,真的很感动";"如果有越来越多的'老吕叨叨',这个社会将更温暖更美好"……随着媒体层次分明、重点清晰的报道,吕建江作为一名基层民警已从鲜为人知逐渐成为社会公众耳熟能详的"熟人",人们的感动也随着报道的浪潮从深沉走向炽热。

多形式报道、多平台传播,凝聚社会正能量

记者注意到,本次集中宣传报道中涌现了许多优秀的新媒体作品,其中有多地民警联合制作的MV,有新华社制作的短视频,还有新媒体工作室比如二更视频制作的短视频。这些作品通过微博、微信等多平台广泛传播,将吕建江的故事深入浅出地展现在网友面前,让公安正能量深入人心。

"直到你离开,人们在你的身后翻阅你,竟然有这么多人泪流不止,不是因为悲伤,而是因为走进了春天的内心"……人民公安报社"新警事儿"微信公号刊发的

通讯·评论

中国警察网开设"时代楷模"吕建江专题页

《China Daily》对吕建江事迹进行大幅报道

《这组诗这组画,借着春风走进吕建江守护的街巷》,用山东省济南市公安局民警苏雨景原创的诗歌和安徽省淮南市公安局淮舜分局民警芦超绘制的图画,表达着公安民警对吕建江的怀念和敬意,引起了公安新媒体的转发热潮。

"今天咱们互相认识一下吧,我叫吕建江,石家庄一个小警察,眼睛挺小的,个子也不高……"二更视频制作的《叨叨老吕》纪录片中,丰富的细节、倒叙式的手法有极强的代入感,引发网友集体泪奔。

《为人民服务"不下班"》,新华视点在秒拍视频中的纪录片已有86.4万人观看。

多地民警自发创作新媒体作品,安徽六安民警饶新、河北衡水民警苏彤山和河北公安消防总队干部张剑秋共同创作的MV《老吕叨叨》被广泛传播。

《这个民警没有丰功伟绩,为何能走进千万人的心里?》《看哭了!为什么这么多人都怀念他?》《有人问他,警察工作的意义何在?他是这样回答的》《一位民警的红心、初心、匠心!听听大家怎么说》……全国公安新媒体矩阵在微博、微信、今日头条等新媒体平台同步联动,辐射带动社会新媒体,开设#老吕叨叨#、#我眼里的老吕叨叨#等微博、微头条话题,集中发布了《用精神之光照亮为民初心》等多部有温度有情怀有力量的短视频、H5、长图等新媒体作品。同时,辐射带动人民日报、新华视点、二更视频等600余个新媒体账号平台集中转发。仅三天时间,相关话题阅读总量高达1500万。

人民网、央视网、央广网、光明网、法制网、中国青年网、腾讯、新浪等数百家中央、地方重点新闻和商业网站,对相关新闻报道、视频等在网站首页要闻区、APP新闻客户端首屏等重要位置,进行多波次不间断全网集中推送,通过百度搜索相关信息总量高达33万条。报告会直播页面在央视网首页大图及要闻区显著位置推送,直播时间段在央视网各端的总体曝光量约21.7万次。新华网等网站还专门推出"追忆吕建江"系列访谈,请吕建江的家人、同事、辖区群众等,从不同视角讲述了吕建江的感人故事。

"支撑他坚守的除了那份大爱,更重要的则是民警的责任和党员的担当,及那份'不忘从警初心牢记爱民'的使命。""此生虽短,但有厚度,有温度! 每个人的心底,都流淌着对生命的敬畏,都沉淀着对责任的坚守。因为懂得,所以难忘,因为难忘,所以深刻! 老吕,放心! 我们会像你一样,用生命践行自己的初心,用责任守护你留下的精神!"……一句句留言,恰如春风,温暖沁人。

(原载《人民公安报》2018年4月21日)

扫码观看相关
新媒体作品

坚定理想信念
履行好新时代职责使命

"时代楷模"吕建江同志先进事迹报告会在警营引起强烈反响

李 军 许一航

4月19日,"时代楷模"、河北省石家庄市公安局桥西分局原安建桥综合警务服务站主任吕建江同志先进事迹报告会在北京人民大会堂举行,现场七百余名观众聆听了吕建江同志不忘初心、一心为民的先进事迹介绍;全国各地公安民警通过互联网等实时收听收看了报告会全过程。大家纷纷表示,要以吕建江为榜样,坚定理想信念,铸牢忠诚警魂,履行好新时代职责使命,为中国特色社会主义保驾护航。

"时代楷模"当之无愧　楷模精神催人奋进

连日来,吕建江的先进事迹在各地广为传颂,特别在警营引起强烈反响。西藏自治区芒康县公安局办公室民警薛亮动情地说："在时代使命与责任面前，吕建江敢于拼搏、敢于创新、敢于担当，在平凡的岗位上做出不平凡的成绩，他的精神永远激励我们前行。"

"吕建江凭着一颗爱民之心扎根基层，在平凡的岗位上干出不平凡的业绩，在老百姓的心中树起了一座丰碑，不愧为新时代全国公安战线上的楷模。"河南省新乡市公安局政治部民警张志辉说。

江西省南昌市公安局红谷滩分局九龙湖派出所社区民警余春生表示："学习吕建江，要学习他对党忠诚、一心为民的本色。在今后的工作中，我一定将群众的小事当成自己的大事去做。"

"丰碑无语，行胜于言。"青海省海南藏族自治州公安局民警李淑娟说，"作为一名年轻民警，我要以吕建江为榜样，在工作中多一份责任心和进取心，对待人民群众多一份耐心和细心。"

"观看吕建江同志先进事迹报告会，我非常感动，吕建江以实际行动谱写了一曲'人民公安为人民'的正气之歌。"福建省福州市公安局仓山分局三叉街派出所民警王宁深有感触地说。

群众身边无小事　心系百姓一心为民

吕建江从警后扎根基层，十三年如一日，用忠诚奉献与担当为人民群众扶危济困、排忧解难。他创办"老吕叨叨"网上服务平台，发布便民消息，救下轻生女孩儿；推出智能"黄手环"，发明二代智能移车卡……只要是群众的事，他永远放在第一位。

"捧着一颗心来，不带半根草去。吕建江用自己短暂的一生，诠释着对党对人民的忠诚。"山西省平陆县副县长、公安局局长樊宇江表示。

全国特级优秀人民警察、上海市公安局长宁分局周家桥派出所民警王沪荣说："吕建江没有留下惊天动地的故事，这么多老百姓却记住了他。只有你把群众放在了心上，群众才会把你记在心里。"

云南省易门县公安局政工室民警唐新华表示："老百姓的事没有小事，吕建江用努力与奉献温暖了人心。"

"吕建江真心实意为百姓办实事，真正赢得了人民群众的认可。"天津市公安局河西分局挂甲寺派出所民警李宏利说。

海南省海口市公安局龙华分局中山派出所社区民警陈碧玲表示："作为一名社区民警，就是要学习'老吕叨叨'的劲头，始终坚持以人民为中心，只要用心、用情把关乎人民群众利益的每一件小事做好，就一定会得到人民群众的认可。"

"吕建江用实际行动践行了'对党忠诚、服务人民、执法公正、纪律严明'总要求，诠释了'人民公安为人民'的铮铮誓言。"贵州省贵阳市公安局云岩分局黔灵东路派出所社区民警越诗杰说。

学习"时代楷模" 书写人民警察忠诚与担当

不论环境如何变化、岗位如何调整,吕建江始终把坚定理想信念放在第一位,把党和人民的利益放在心中最高的位置。

全国公安系统二级英雄模范、广东省梅州市公安局梅江分局团委书记周伟林说:"吕建江把群众最关心、最直接、最关切的小事当作自己一生的事业,这是一种'润物

全国各地公安民警掀起向吕建江同志学习的热潮

细无声'的为民服务。"

"作为一名交警，我会时刻以吕建江为标杆，用实际行动践行'人民公安为人民'的庄严承诺。"山东省菏泽市公安局高速公路交警支队一大队副大队长高峰说。

陕西省西安市公安局临潼分局秦俑派出所民警赵小伟表示："我要学习吕建江视人民群众为父母的情怀，学习他在平凡的岗位做好每一件'小事'的信心和恒心。"

"我要学习吕建江与时俱进为民服务的创新精神，踏踏实实做好本职工作，提高为民服务的本领。"内蒙古自治区杭锦后旗公安局团结派出所所长孟和表示。

辽宁省本溪市公安局平山分局民警庄妍妍说："我们要以吕建江为榜样，学习和弘扬他忠于职守的品格和心系人民的高尚情怀，铸牢忠诚警魂，矢志不渝做新时代中国特色社会主义事业的建设者捍卫者。"

"礼赞时代楷模，学习时代楷模，既是致敬，更是传承。吕建江虽然走了，但他给我们留下了丰富的精神财富，我们要让'老吕叨叨'永不下线！"浙江省衢州市公安局衢江分局政治处副主任徐成表示。

（原载《人民公安报》2018年4月21日）

牢记初心使命
做服务人民的排头兵

吕建江同志先进事迹引发公安系统"时代楷模"强烈反响

4月19日,"时代楷模"、河北省石家庄市公安局桥西分局原安建桥综合警务服务站主任吕建江同志先进事迹报告会在北京人民大会堂举行,在警营和全社会引起了强烈反响。公安系统曾荣获"时代楷模"荣誉称号的个人和集体一致表示,吕建江一心为民的先进事迹令人感动,他的从警生涯时刻体现着以人民为中心的发展思想,是深入践行"四句话、十六字"总要求的真实写照。同为"时代楷模",要时刻牢记人民公安为人民的初心和使命,兢兢业业,恪尽职守,做新时代为百姓服务的排头兵。

他的心中永远装着"人民"二字

"观看了吕建江先进事迹报告会,我不止一次被他的精神和事迹所感动。""时代楷模"、安徽省蚌埠市公安局特警支队一大队教导员张劼说,"建江同志虽然没有惊天动地的壮举,却致力于解决事关群众切身利益的一件件小事,以平凡而精彩的生命诠释着人民公安为人民的铮铮誓言。"

连日来,被授予"时代楷模"荣誉称号的湖南省长沙市公安消防支队望城区大队掀起了向吕建江学习的热潮。大家一致认为,吕建江始终将群众的冷暖安危放在心头,把群众呼声当作第一信号,永远保持着以民为本的公仆情怀。他的事迹道出了伟大出于平凡的道理,用实际行动践行了"对党忠诚、服务人民、执法公正、纪律严明"总要求。

"时代楷模"、陕西省西安市公安局新城分局韩森寨派出所副所长、咸东社区民警汪勇表示,吕建江的事迹生动感人,体现了一名新时代党员民警的高风亮节,"他的事迹是教育广大民警正确对待名与利、得与失、生与死、血与火考验的精神食粮。"

"时代楷模"、福建省厦门市公安局集美分局调研员陈清洲和吕建江结缘于2015年8月。他表示,在与吕建江的短暂交流中,能切身感受到吕建江对公安工作的热爱和对群众百姓的情怀。"他的微博名字'老吕叨叨',唠叨的是社区工作中的家长里短,是百姓生活中的喜乐平安。他时刻关注群众冷暖,像一颗默默无闻的螺丝钉,深深扎在社区工作的岗位上,把社区警务工作和为民服务做到了极致。"

"吕建江是新时代杰出的'时代楷模',是人民警察的优秀代表,是广大党员干部学习的榜样。""时代楷模"、吉林省汪清县公安局交警大队车管所教导员崔光日说,"在他身上,我看到了忠于职守的品格、心系群众的品质、无私奉献的境界。他的心中永远都装着'人民'二字。"

做新时代为百姓服务的排头兵

一个人的生命长度无法掌控,但是却可以拓展生命的厚度。吕建江将党和人民放在心中最高位置,十三年如一日扎根基层,让有限的生命变得无限厚重。公安系统"时代楷模"纷纷表示,学习他的先进事迹,就是要以模范榜样的标准严格要求自己,努力做新时代为百姓服务的排头兵。

望城区公安消防大队表示,要以吕建江同志为榜样,充分发挥榜样的引领作用,确保各项工作走在前列。要牢固树立以人民为中心的发展思想,立足本职岗位,围绕防火、灭火两个中心任务,全面落实消防安全责任,将群众的生命财产安危放在心头,筑牢消防安全"防火墙",做到心中有党、心中有民、心中有责。

"要努力做对党忠诚、守护百姓安全、维护社会公平正义的排头兵。"汪勇说,作为一名社区民警,要像吕建江那样用勤、用心、用力,守护百姓人身财产安全,将违法犯罪分子绳之以法,让群众收获更多的幸福感、获得感和安全感。

"我们每一名人民警察都应牢记老吕说过的那些话。"张劼深情地表示,"那就是什么事能比老百姓的事还要大?人活着就得做点儿事,为咱老百姓做点儿实事。"

崔光日认为,学习吕建江,就是要学习他对党忠诚、牢记使命的政治本色,勇挑重担、冲锋在前;学习他执法公正、依法办事的价值追求,坚决维护法律的权威和尊严;学习他心系群众、为民解忧的公仆情怀,永远把人民对美好生活的向往作为奋斗目标,尽心竭力为群众解难事、做好事、办实事。

"在我们身边,有很多长年累月奋战在公安一线、一心一意守护百姓平安的好民警,他们用无私无悔的奉献与付出,换来了万家平安。"陈清洲强调,"我要向吕建江以及所有永葆忠诚本色、敢于担当、全心为民的好民警学习,学习他们坚守为民初心,学习他们锲而不舍奋斗,为守护群众新时代美好生活作出更多贡献。"

统稿:记者王旭东
采写:记者胡杰、李吉胜、胡立强、郭涛、钟仓健、黄晓洁,通讯员罗文姣、王金银、徐东、刘祎曦、陈煜

(原载中国警察网 2018 年 4 月 21 日)

"不下班的民警"吕建江

翟楠楠

"白娅倩的准考证又丢了?"高考前夕,新浪实名认证微博"片警吕建江"在"老吕叨叨"栏目中发出一条博文:"去年高考前,一则'捡到白娅倩准考证'的微博在全国很多地方出现,很快被揭穿是骗人信息。今年高考临近,'捡到白娅倩准考证'的微博再次出现,请大家不信不转,如果遇到类似张娅倩、李娅倩丢失准考证的微博,请谨慎转发扩散。"

"老吕慧眼!""再次转发'老吕叨叨',提防受骗!"网友们纷纷转发、留言。很多石家庄的网友都知道,这个每天都在通过微博平台,跟网友们"叨叨"着防骗防盗妙招、失物招领信息、治安注意事项的"老吕",就是石家庄市桥西公安分局安建桥警务站主任吕建江。

全年365天、全天24小时都在一"网"情深为民服务,百姓亲切地称之为"不下班的民警"。

开设网上警务室,全天候服务群众

"我总觉得个人力量很渺小,而借助网络强大的传播力,可以事半功倍地为百姓多做很多事情。"老吕说,刚刚加入警队时,他在石家庄市公安局桥西分局汇通派出所当片警。他发现,有很多居民不清楚办事流程,往往为一件事要跑上好几趟才能办结,派出所印制张贴通知通告、民警提示等,成本高不说,也很难引起市民的注意。

如何才能形成有效的警民沟通与互动?一次,他在上网时突然得到灵感:可以在互联网上开设一个网上警务室!

2009年2月19日,我省首个网上警务室——留村社区网上警务室,在老吕的"操持"下正式运行,设有警务公开、通知通报、一周发案、有话您说、户籍专栏等版块,同时,他还把自己的手机号、电子邮箱、QQ号、派出所办公电话都公布出去了。

从此,老吕就成了个"不下班的民警"。无论白天晚上、工作日还是节假日,居民可以随时上网访问警务室,咨询问题、办事预约,老吕都会及时给予回复;居民遇到急难事,更是随时都能找到他:孕妇羊水破了半夜打不上车,找他;大雨如注孤寡老人房子漏了,找他;居民中煤气生命危在旦夕,找他……由于得到了居民的认可,网上警务室的做法得以在全省推广。

2010年,使用微博的人越来越多,老吕也发现了微博的"能量",很快他就在新浪网开通了我省首个民警实名微博——"片警吕建江"。

老吕很细心地将微博内容按不同话题分门别类,如老吕叨叨、老吕招领、老吕喜报、老吕帮找、老吕问问等,传递不同的便民服务信息。

四年来,"片警吕建江"共发表各类便民微博5300余条,拥有粉丝近12000人。以民警提示、防盗防骗妙招为主要内容的"老吕叨叨",已成为吕建江的品牌标签。

"我每天跟网友说说工作的酸甜苦辣,晒晒警察的生活,教教大家自我安全防范,讲讲社会上正能量的东西,也让大家了解警察、支持警察。"老吕坦言,他就是想通过微博来传递正能量,让群众知道社会上还是有很多好人好事、正义和善良,"虽然都是大白话,没什么文采,但确实都是我发自内心的最真实的想法。"

2011年,吕建江被任命为安建桥警务站主任。他的日常工作更繁琐细碎了。少有惊天动地的大案要案,多是便民利民的小事琐事,比如行人问路、找走失人的、找钱包的、送醉酒人回家,等等。

工作中老吕发现,全市110家警务站,每年接收市民捡到的无主物品多不胜数,很多东西找不到失主,很多失主也不知道自己的失物就在警务站,民警和失主两头着急。为了解决这个难题,老吕又想到了借力"网络"。

除了通过微博发布寻物启事外,他还自掏腰包建起"河北失物招领网"(www.swzl110.org),分为"找呀找呀找"、"谁把我丢了"等九个栏目,主页内容主要是失物认领和寻人启事,物品描述详细,并留有联系电话。

截至目前,河北失物招领网已将200多个证件、40多部手机、20多个钱包返还失主。

为民服务的"手臂",在网络中延伸

前不久,全省公安系统开展了"2013·我做的群众最满意的一件事"评选活动,老吕"微博救人"上演生死时速的事迹名列榜首。

2013年5月4日晚上,老吕和往常一样,边吃饭边刷微博,突然一个叫"猫娜娜要奋斗"的网友微博@他:"一辆从邯郸广平县开出的救护车正在308国道上,车上病人腹痛难忍、几度休克,要转诊到省四院,路怎么走?"

看到这一消息,曾做过军医的老吕顾不上吃饭,给对方连发六条私信:"男的还是女的?""多大了?""啥病?""内伤还是外伤?""有没有出血?""有没有高血压?"接着迅速从网上搜索出一条最快捷的行驶路线,连同自己的手机号一并发了过去。

随后,老吕又马上与电台联系,请主持人空中导航。当晚9时21分,病人家属发来短信:"病情不见好转,能不能用警车带道?"老吕立即安排值班民警驾警车接应。晚上10时07分,民警接到病人,警车带着救护车向医院疾驰。在吕建江的联系下,电台主持人不停预告救护车行驶

通讯·评论

老吕说,网络是虚拟的,服务百姓却是实实在在的

路线及实时位置,沿途车辆和行人纷纷避让。晚上10时12分,救护车顺利到达医院,病人及时手术,成功脱险。这段正常行驶需要二十多分钟的路程,这次仅仅用了五分钟!

"无限的网络可以把我为百姓服务的'手臂'无限延伸。"老吕说,网络是虚拟的,服务百姓却是实实在在的,他会继续用键盘把"人民警察为人民"这七个字输入百姓心中。

(原载《河北日报》2014年6月10日)

"把老吕的精神传承下去"

——清明期间社会各界悼念人民好警察吕建江

尹翠莉　张怀琛　刘荣荣

又到一年清明时。在这个祭祀亲人的日子里，社会各界群众纷纷在吕建江生前工作过的警务站、在"老吕叨叨"的微博上，献一朵花，吟一首诗……通过各种形式表达一份份崇敬之心、感念之情和传承之志。

"开始点名，吕建江！""到！"

4月5日上午，吕建江生前工作过的警务站组织了一次特殊的"点名"仪式。警务站当天值班的全体人员在警务站前列队整齐，大家昂首挺胸，凝视着"吕建江综合警务服务站"几个大字，当接替吕建江担任警务站主任的王永辉叫到"吕建江"这三个字时，全体人员齐声高喊："到！"那声音，坚定有力，在警务站上空久久回荡。

"今天，是吕主任离开我们的第一个清明节，对他的想念更多了一分。"吕建江警务站民警张金茂说，他常常看着警务站的牌子，感觉吕主任一直在他身边。

　　石家庄市石油销售总公司的职工李俊彦一大早就买好了花束，来到吕建江警务站，对着吕建江生前的照片三鞠躬。"清明节是祭祀亲人的日子，在我心里，吕主任就是我的亲人，往常一有事我们就找他……"还没说完，李俊彦的眼眶就红了。

　　曾让吕建江帮忙找到失联四十多年老战友的市民武金祥也来了。老人说，因为吕建江，他和警务站里的其他民警也成了朋友，吕建江虽然走了，他还是时不时过来坐一坐。

　　网友"馨雨"是被吕建江微博劝导四个多小时，最终放弃轻生念头的太原女孩儿。4月3日，她一路风尘赶到石家庄，只为给吕建江送来他当初提到想尝一尝的太原糕点。当天晚上，她在警务站外静静地站了三个多小时，说"就想好好陪陪吕叔"。她说她会听吕叔的话，好好读书、好好生活。她在微博上写道："吕叔，下辈子，换我来做警察，让我来守护您、保护您。"

　　吕建江去世后，警务站的战友们接过了他服务百姓的微博。如今，"老吕叨叨"依然活跃，清明期间，许多网友在"老吕叨叨"的微博下留言，只为再听他一句碎碎念——

　　网友"婚礼督导师冰儿"说："每次路过警亭，都会抬头看看吕叔的名字！"

　　网友"冰蓝色的思念"说："漫天繁星的夜晚，我抬头仰望星空，您就是我心中最闪亮的星，照耀着我前行的路。"

……

除了微博上的留言，在微信朋友圈，大家纷纷发文或者转发各类悼念吕建江的作品。在一个"为吕建江同志献花"的H5作品中，截至目前，已有12768人为他"献花"寄托哀思。

回忆伴着思念的泪水，前行拥着温暖的力量。4月4日，清明节的前一天，石家庄刚刚下过一场小雨，天气阴冷。下午，石家庄东风西路小学四年级五班的十名小学生在两位老师带领下，来到吕建江生前工作的地方——吕建江综合警务服务站，聆听一堂特殊的思想政治课。

"吕主任是2004年从部队转业来到石家庄，成为一名人民警察的……"看着吕建江生前留下的一张张热心助人的照片，听着吕建江综合警务服务站副主任侯龙讲述着他那些平凡又感人的故事，孩子们的眼眶湿润了。

"为人民做好事的人，会永远活在人民心中，我们会教育孩子们，一定要做像吕警官这样能温暖身边人的英雄。"马贝贝老师动情地说。

"我要学习吕建江叔叔任劳任怨全心全意为人民服务的精神。""吕伯伯，感谢您的付出和无私奉献。虽然您不在了，但我们会永远记住您，像您那样温暖别人！"孩子们把想对吕建江说的话写在纸上，制作成一张张心形卡片，放在了吕建江的照片旁边。

走出警务站，十名学生排起整齐的队伍，全体肃立，庄严敬礼。

"为什么这么多市民和网友这么爱戴吕主任,就是因为吕主任心中始终装着群众。"王永辉说,"无论线上线下,无论白天黑夜,我们都会把老吕的精神传承下去,争做吕建江式的好民警。"

4月5日,警务站的民警更新了"老吕叨叨"微博:"吕哥,警务站旁边你最喜欢的海棠花又开了,海棠树下却再无你的身影。吕哥,兄弟们也都想你了,你放心吧,还有我们,你就好好休息吧。"

(原载《河北日报》2018年4月6日)

扫码观看相关视频

"时代楷模"吕建江

真情和担当镌刻丰碑

乙 智

　　一名普通的党员干部、基层民警,为何能赢得众多群众如此的缅怀和敬爱?为什么能汇聚如此感动人心的正能量?

　　群众的眼睛最雪亮,群众的感情最朴实。谁为他们做了好事、解了难事、办了实事,他们都会细细地看在眼里、牢牢地记在心里。就像吕建江一样,只要把群众的小事当成自己的大事,将群众的冷暖甘苦放在心头,在平凡的工作中始终坚守为民服务的初心,就能赢得人民群众发自肺腑的信任、支持和爱戴。其实,像吕建江这样的人,在广大党员干部群体和基层公安队伍中,还有很多很多。他们没有什么豪言壮语,更多的是默默地在琐碎工作中扶贫济困、解忧止纷,静静地在繁杂日常中维持秩序、守护平安。

2013年，吕建江参加"我做的群众最满意的一件事"十佳案例揭晓仪式

大象无形，大音希声。正是他们看似平凡的辛勤付出、无私奉献，维持着基层的和谐稳定，守护着群众的幸福安康，捍卫着国家的长治久安。他们用一心为民的情怀和担当，镌刻着新时代党员干部、基层民警的不朽丰碑。

（原载《人民日报》2018年2月1日）

感悟吕建江的平凡与伟大

王居野

有的人甘于平凡、不计名利,踏踏实实做好本职工作,这是一种人生态度。也有的人心浮气躁、好高骛远,天天想着出人头地,这也是一种人生态度。

吕建江选择了前者。他在一个普普通通的岗位上,每天做着普普通通的事情,看似平凡,实则伟大。

感悟吕建江的平凡与伟大,通过他的微博最合适不过。

他微博的名字一开始叫"片警吕建江",后来改名为"老吕叨叨",2010年7月14日开通,到他去世共2697天,发表博文17357篇。这个微博只有两万多关注者,每条微博的转发与评论数也大多在个位数。与粉丝量动辄千百万的大V比起来,这样的微博显得很普通。可就是这样一个普通的微博,却是全省第一个民警实名微博,里面有大量的失物招领信息、居住证办理的流程、防范诈骗的提醒,等等,及时为群众送平安、送法律、送服务,排忧愁、解难题、办实事。

七年多来的一万多条微博,记录了吕建江如何用自己的实际行动,使人民获得感、幸福感、安全感更加充实、更有保障、更可持续。而他也因为这些日常、琐碎,甚至有些不起眼的小事,被群众和网民亲切地称作"叨叨哥"、"网上雷锋"、"不下班的民警",用共产党员的政治本色和真挚深厚的为民情怀,写就了大写的"人"字。

平凡不是平庸,更不是碌碌无为、自甘沉沦。2017年11月22日,他在微博上写道:"我可想做大事呢,就是没魄力、没能力,所以就做点儿小事,还得是力所能及的。"很显然,这一条微博是有感而发。因为在发这条微博前半个小时,他在微博上写道:"参加一个会议让发言,其他同志讲的都是大事件大格局大构想,只有我讲的是具体问题具体事,咋就跳不出自己的工作呢?思来想去原因如下:因为我一直工作在一线,直接接触具体人、具体事,满足现状缺乏长远打算,光盯着自己的一亩三分地不思进取,以至于胸无大志,老吕你呀,不可救药了。"这些话虽然不乏调侃,却体现出吕建江脚踏实地、勤奋工作,不求回报、不追名逐利的高尚品格。这些,正是他在平凡中成就伟大的重要原因。

让人感动和惋惜的是,他发的最后一条微博是为了缅怀他的一位同行,秦皇岛抚宁镇派出所所长潘权。潘权同志于2017年11月9日心脏病发去世,这条微博是老吕编发

2017年11月30日，吕建江去世前一天的微博更新

的潘权的女儿写的纪念文章。11月30日晚，老吕用陪伴了他两年半的手机发出了这条微博。仅仅十个小时后，吕建江同志在石家庄市和平医院永远离开了这个世界，离开了他热爱的岗位，离开了他热爱的群众，也离开了爱他的家人。

每个人来到这个世界，都不是为了混着过一辈子。即使是在最平凡的岗位上，做一个最普通的人，也能影响他人。"勿以善小而不为"，即使我们做一件极其微小的好事，这个世界也会朝更好的方向变化那么一点点。吕建江就是这样，他做的每一件事情都看似平凡，看似微不足道，但这些平凡加起来，便成就了他的不凡、他的伟大。也正是无数吕建江这样的普通党员、普通人在普通的岗位上兢兢业业、无私奉献，才汇聚成了推动进步、改变世界的不竭力量。

比起"吕警官"这个非常正式的称呼，也许吕建江更喜欢听人们叫他"老吕叨叨"，因为他在不停的"叨叨"里，不断擦亮着一个共产党员的初心，将平凡演绎成伟大。

我们应该感谢现代科技，感谢它用微博的方式，留下了"老吕叨叨"七年多的思想和工作的点点滴滴，让我们在斯人远去后，还可以近距离感受到他那平凡的伟大与伟大的平凡。

（原载《解放军报》2018年2月1日）

"时代楷模"吕建江

像吕建江那样做一个纯粹的人

边建军

连日来,一名普通的人民警察走进了公众视野,感动了无数人。他叫吕建江,全国优秀人民警察、石家庄市公安局桥西分局原安建桥综合警务服务站主任。

人们的心弦因何被拨动?答案众多,其中之一是他的纯粹。纯粹,意指没有杂质。纯粹是一名共产党员应具备的最基本的品质精神、最可贵的情操境界。吕建江就是一个纯粹的人,而纯粹似乎又给了他无限的力量,让他生命的长度远远超出了这短短的47年,铸就了一座精神丰碑。

信念坚定塑造纯粹之心。哲学家萨特说:"世界上有两样东西是亘古不变的,一个是高悬在我们头顶上的日月星辰,一个是深藏在每个人心底的高贵信仰!"吕建江始终牢记入党誓词,时刻把党的事业和人民利益放在心中最高位置。正是因为始终牢记共产党人的初心使命和全心全意为人民服务的根本宗旨,他没有八小时内外之分,像一个陀螺,不停地转,做到了群众在哪里,工作就到哪里。他自费制作二维码挪车卡解决辖区单位挪车难问题,不顾大雨滂沱花六个小时把迷路老人送回家,为受伤需要紧急救治的群众警车开道,用耐心劝解成功挽救意图自杀的花季少女……群众需要什么,他就去做什么。吕建江的事迹告诉我们,只有坚定理想信念,想群众之所想,急群众之所急,才能做党和人民信赖、信任的优秀党员干部。

  担当进取迸发纯粹之能。一个把事业看得比生命还重的人,定会收获更有价值的人生,必将作出非比寻常的贡献。2004年,吕建江从部队转业回到石家庄,成为了留村社区的一名民警。从军医到民警,搁谁身上谁能不纠结、抱怨?但他从未抱怨,在极短的时间内转换了角色,诠释了什么叫干一行、爱一行。当片警,"有事找老吕"在群众中广为流传。只要他出面,就没有调解不了的纠纷和争执,没有他做不下来的群众工作。他像一匹马,给自己压了一个又一个担子,不停地负重前行……开创的"网上警务室"、"失物招领网"、"代码移车卡"、民警实名微博、民警实名微信公众号等"五个全省第一",把为百姓服务的"手臂"无限延伸。吕建江的事迹告诉我们,只有主动回应人民群众的新期待、新需求,不断提升自己,敢于担当,锐意进取,才能以实际行动展示新时代党员干部的新气象、新作为。

  淡泊名利凝聚纯粹之魂。"天下熙熙,皆为利来。天下攘攘，皆为利往。"吕建江却说"干干净净做人，心里最踏实"。他不追名逐利，一身正气，两袖清风，从未利用手中权力为自己谋取一点儿私利，从未因个人升迁、调动和待遇问题找过领导。他的家庭条件并不富裕，创办网上警务室和开办"失物招领网"时，不但没向单位要一分钱，还拿出自己的工资补贴办公。从警十三年，吕建江办案数千起，没办过一起"关系案"、"人情案"，没有一起百姓投诉。成为"网络达人"后，一些企业想借他的名声并提供赞助，都被他拒绝。吕建江的事迹告诉我们，只有不求个人名利、不计个人得失，廉洁奉公，才能用专注的态度、踏实的努力干出一番事业、实现人生价值。

　　毛泽东在《纪念白求恩》一文中说过这样一句话："做人要做一个高尚的人，一个纯粹的人，一个有道德的人，一个脱离了低级趣味的人，一个有益于人民的人。"吕建江向我们展现了一个光辉形象，也向我们揭示了一个纯粹的人是怎样炼成的。读懂了吕建江的纯粹，也就读懂了如何成为一个纯粹的人！

（原载《解放军报》2018年4月17日）

通讯·评论

在平凡的岗位上坚守初心使命

法制日报评论员

吕建江是河北省石家庄市一个综合警务站的主任,听上去"官"很大,但实际就是一名普通的社区治安警,和那些冲在一线、抓捕犯罪分子的刑警们比起来,他的工作很平凡。防火防盗、打架吵嘴、老人走失、车辆堵路、狗咬人、猫上树……反正别人不愿意管的他都得管。为什么?因为这是一个基层治安警察的职责。但就是这样,他却被媒体誉为"不忘初心,牢记使命的时代先锋"。

中国共产党的初心和使命是为中国人民谋幸福,为中华民族谋复兴。党的十九大报告明确指出,"新时代中国特色社会主义要坚持以人民为中心,坚持人民主体地位,坚持立党为公、执政为民,践行全心全意为人民服务的宗旨,把党的群众路线贯彻到治国理政的全部活动之中。"这些话说起来高大上,但要真做起来却只能体现在那些平凡工作的一点一滴之中。吕建江就是这样一个用实际行动诠释和践行党的宗旨的人。

吕建江爱叨叨，他的微博就叫"老吕叨叨"，这名有点儿俗，但是做过基层社区民警的人都知道，不叨叨不行呀。看似微不足道的小事也可能引发安全大问题。所以"婆婆嘴"成了社区民警必练的看家本领。吕建江也是如此，他叨叨出了名，不但网上叨叨，网下也叨叨，什么样的小事他都能叨叨出花样来，还编成了顺口溜叨叨。吕建江还爱操心，操心路上骑车人的安全，操心车里的病人能不能顺利送到医院，操心晚归的人们是不是感到安全。直到有一天他离开了，不再叨叨，不再操心，回想起那些亲切的话语和美好的瞬间，人们才真切地感受到他那颗全心全意为人民服务的真心。

习近平总书记说，科技创新就像撬动地球的杠杆，总能创造令人意想不到的奇迹。新一轮的科技革命给政法工作创新带来了无限空间和广阔前景。所以，新时代的政法工作要善于运用科技的力量提升水平与能力，在这一点上，吕建江走到了前面。

吕建江是最早把社区警务工作与互联网结合起来的民警。2010 年，被媒体称为微博元年，微博成了人们沟通、交流、传播的最便捷的工具，吕建江在这一年注册了实名微博。2013 年，微信风靡全国，他又注册了自己的微信公众号。一个不年轻的民警却总是紧跟时代潮流，不为赶时髦，只为了跟他的群众贴得更近一些，只为了他那些琐碎

一个不年轻的民警却总是紧跟时代潮流,不为赶时髦,只为了跟他的群众贴得更近一些,只为了他那些琐碎的工作更有效率一些

的工作更有效率一些。

一颗为人民的真心和一双发现科技力量的眼睛,让吕建江在平凡的岗位上做出了不平凡的成绩。

斯人已去,精神长存。正是许多和吕建江一样平凡而又伟大的基层民警,树立起了人民公安的大旗,证明了共产党员不变的初心和使命。

(原载《法制日报》2018年1月31日)

在平凡中闪耀忠诚为民之光

法制日报评论员

"也许人生仅有那么一两个辉煌的瞬间——甚至一生都在平淡无奇中度过",《平凡的世界》中的这句话说出了令许多人心有不甘的人生真相。

然而,平凡与否并不必然取决于外在的生活状态,它更与主观上的价值选择有关。河北省石家庄市公安局安建桥综合警务服务站原主任吕建江,便在自己平淡无奇的岗位上走出了一条不平凡的闪光之路。

作为基层社区民警,老吕的工作没有什么惊天动地的事情,经常处理的无非是家长里短、邻里纠纷,细小而琐碎。但他不厌烦,也不知疲倦,十三年如一日扎根基层,与人民群众打成一片,直至积劳成疾、不幸去世。从老吕的先进事迹来看,成为凡人英雄并没有什么特殊"秘方",概括起来就是"忠诚为民",这是新时代政法干警做好本职工作所必须坚持的原则,也是我们要学习"吕建江精神"的关键所在。

对党忠诚是政法机关第一位的政治要求。老吕说"警徽在头上,党徽在心里";"走留都要听组织安排,无论干哪一行我相信我都能干好",他是这样说,更是这样做的。有了对党的绝对忠诚,才能在思想上、行动上始终保持高度的自觉,才能始终如一地服从组织安排,时刻把党的事业放在心中最高位置。学习"吕建江精神",保持对党绝对忠诚,就必须旗帜鲜明讲政治,牢固树立"四个意识",更加坚定自觉地向以习近平同志为核心的党中央看齐,永葆绝对忠诚、绝对纯洁、绝对可靠的政治本色。

服务人民是政法机关工作的出发点和着力点。不论是打击违法犯罪,还是维护社会公平正义,政法工作的最终目的都是为了实现好维护好发展好最广大人民的根本利益。心中有人民,才能想人民之所想、急人民之所急,正是因为如此,老吕才会成为"不下班的民警",才能做到清正廉洁、勤政守法,才能不断创新开拓为民服务的互联网阵地。学习"吕建江精神",就要自觉践行以人民为中心的发展思想,从群众的角度看待问题、发现问题、解决问题,坚持"群众在哪里,工作就延伸到哪里;群众有什么需要,就推出什么服务",面对困难和挑战,不退缩、不回避,有担当、敢创新,真正把人民满意不满意、答应不答应、高兴不高兴作为判断和衡量政法工作的根本标准。

虽然斯人已去,但风范长存。在基层一线始终活跃着

2014年7月,百名学生追访"最美河北人",首站探访片警吕建江

无数政法干警,他们坚守着平凡、升华着平凡。缅怀英雄之际,让我们学习和发扬"吕建江精神",不忘初心、牢记使命,坚持对党忠诚、服务人民、执法公正、纪律严明,在平凡中不断闪耀忠诚为民之光,为建设新时代、书写新答卷、铸就新辉煌贡献平凡而不普通的力量。

(原载《法制日报》2018年4月17日)

微笑，人间最美的表情

周旭亮

有一种力量可以海纳百川，那就是微笑。吕建江走了，留下了那张总被百姓念叨的笑脸。在他脸上，人们看到了人民警察身上大写的两个字"人民"。

笑容不一定显示在脸上，也可以表现在心头。吕建江没走，他的笑容代表了他的从警初心，就是让微笑盛开在每一位群众的脸上。

作为一名民警，吕建江生前没有破过什么轰动一时的大案要案，他的工作范围就是在石家庄的基层社区，工作内容是抓治安、搞服务。但就是这样一名普通得不能再普通的民警，以他的一脸微笑，拉近了与群众的距离，赢得了群众的信赖。

微笑，人间最美的表情。吕建江的微笑之所以"迷人"，根本在于他的为民情怀。吕建江常说，我一个山区农民的孩子，人生成长的每一步都离不开党组织的培养和关爱，不管在哪里，我都要对得起"党员"这个称号，都要记住警察前面有"人民"这两个字。心中有信仰，脚下就有力量。对吕建江来说，忠诚不只是入党时的慷慨宣誓，更不是挂在嘴边的响亮口号，他把忠诚熔铸进灵魂、落实到行动，全力践行"为中国特色社会主义保驾护航"的历史使命。

谁把人民放在心上，人民就把他记在心中。每当群众遇到困难，吕建江都主动伸出援助之手；而每当吕建江投身社区警务，群众又自发成为他的"左膀右臂"。吕建江是平安中国建设的一颗小螺丝钉，他以微笑的表情打开了做好新时代群众工作的大门。每一名公安民警都应该珍藏他那张服务群众的笑脸，铭记他那句心系百姓的"叨叨"："人活着就要做点儿事，咱为老百姓做点儿实事，不就是咱人民警察的价值所在嘛！"

（原载《人民公安报》2018年4月17日）

深入学习宣传吕建江先进事迹 凝聚起奋斗新时代的精神力量

中国警察网评论员

时间是最好的见证者、记录者。十三年,吕建江俯身躬耕公安基层一线,以对党的无比忠诚、对群众的深切热爱和对公安事业的执着追求,赢得人民群众的好口碑,用实际行动践行了习近平总书记提出的"对党忠诚、服务人民、执法公正、纪律严明"总要求,是近年来公安机关涌现出的优秀民警代表,是广大公安民警学习的楷模。

"要对得起'党员'这个称号。"——对党忠诚、信仰坚定,这是吕建江绝对鲜明的政治品格。他时刻牢记自己的第一身份是共产党员,第一目标是为民谋利,以坚定的理想信念、强烈的责任担当和任劳任怨的奉献精神,忠诚履职至生命最后一刻。广大公安民警要向吕建江学习,坚定理想信念,增强"四个意识",永葆绝对忠诚、绝对纯洁、绝对可靠的政治本色。

"老百姓的事都是分内事。"——服务人民、不忘初心，这是吕建江浓烈深厚的赤子情怀。全心全意为人民服务的根本宗旨从来不是一句空话，吕建江心里永远装着群众，视群众如亲人。广大公安民警要向吕建江学习，始终坚持以人民为中心的发展思想，时刻把人民群众的安危冷暖挂在心上，不断提高服务群众的能力和水平。

"我必须好好干。"——执法公正、英勇无畏，这是吕建江强烈坚决的担当精神。他坚持严格规范公正文明执法，从未办过一起"关系案"、"人情案"，急难险重工作任务面前，勇于担当、冲锋在前，面对持刀在逃犯罪嫌疑人毫无惧色。广大公安民警要向吕建江学习，自觉规范执法行为，严厉打击各类违法犯罪活动，扎实推进各项工作。

"干干净净做人，心里最踏实。"——纪律严明、淡泊名利，这是吕建江始终不渝的清正操守。无论担任什么职务、身处哪个岗位，吕建江不坠青云之志，清清白白做人，踏踏实实做事，不徇私情，不谋私利。广大公安民警特别是领导干部要向吕建江学习，正确对待和运用手中的权力，不折不扣加强和改进作风建设，着力营造风清气正的良好警风。

心中有信仰，脚下有力量。吕建江用大爱与忠诚擦亮新时代共产党员的价值底色，成为勇立时代潮头的一面耀眼旗帜。在全国公安机关开展向吕建江同志学习的活动，对于教育激励广大公安民警以习近平新时代中国特色社会主义思想为指导，奋力开创新时代公安工作新局面，切实

警务站里，老吕为小学生讲解安全知识

担负起为新时代中国特色社会主义保驾护航、做新时代中国特色社会主义建设者捍卫者的重大职责使命，具有重要意义。全国公安机关要把向吕建江学习活动与贯彻党的十九大和十九届一中、二中、三中全会精神结合起来，与即将开展的"不忘初心、牢记使命"主题教育结合起来，与学习贯彻中央政法工作会议和全国公安厅局长会议精神结合起来，振奋精神，凝聚力量，锐意进取，扎实工作，努力为决胜全面建成小康社会、夺取新时代中国特色社会主义伟大胜利作出新的更大贡献。

（原载中国警察网 2018 年 4 月 18 日）

一名警察的"小叨叨"与为人民服务大命题

蔡晓辉

上周末,一名普通社区民警的去世"惊动"了整整一座城。他去世的消息在石家庄市民的微信上持续刷屏;他生前工作的小小警务站堆满了群众送来的束束菊花;告别仪式上,一千多名警察和群众冒着严寒自发赶来送他最后一程……

石家庄市公安局桥西分局安建桥综合警务站主任吕建江走了,他的微博"老吕叨叨"永远定格在11月30日。安建桥警务站将更名为吕建江警务站,他"为百姓做实事"的热心肠将继续为群众送去温暖,他将换一种方式活在群众的心中。十三年的人民警察生涯,吕建江并没有做出什么惊天动地、轰轰烈烈的大事,也没有留下什么豪言壮语,但他的去世却引发了群众的深切缅怀。

作为一名基层党员干部,吕建江打交道最多的就是群众，而和群众打交道最重要的就是心里时刻装着老百姓。吕建江生前曾说，"对于我来说，警察前边还有两个字——人民，干警察的就得心中想着人民群众，警徽在头上，党徽在心里！我要尽自己的能力去帮助他们，在我看来这就是一名合格党员应该做的。"警务站几十平方米的空间虽小，却是吕建江服务群众的广阔舞台；他在微博和微信上叨叨的虽没有什么大事，却桩桩有关群众的急事、难事。遇到移车难题，他就自费制作挪车卡解决；有急诊患者在网上求助，他会第一时间安排站里出动警车开路，群众不论有什么事，他都能提供一对一的微信咨询……"老吕琢磨的事儿，无论是网上，还是线下，都是怎么方便老百姓怎么来。"吕建江的一生，没有什么"高光时刻"，却有着日积月累的韧性——为人民服务的事情，一件接着一件办，一年接着一年干，将人民警察和共产党员的形象生动地写进了群众心里。

为人民服务，就要坚持将人民群众的小事当作自己的大事，从人民群众关心的小事做起。习近平总书记在《之江新语》中说，"'群众利益无小事'，柴米油盐等问题对群众来说就是大事。"到警务站和"老吕叨叨"上求助的，所涉大多是"柴米油盐"，"24小时不下班的民警"吕建江所忙碌的，也都是这些微不足道的小事。第一个网上警务室、第一个民警实名微博、第一个代码移车卡、第一个失物招领网……当无数的小事经吕建江之手妥善解决之后，所汇聚的便是人心。正如省公安厅一位同志所说，老吕最大的财富，不是家里朴素的两居室，而是信任和心疼他的人民群众。如果我们所有的基层党员干部都能紧盯群众的"柴米油盐"，解决他们的一个个小问题、小困难，那么大家共同树立起的就是共产党人无比高大的形象，凝聚起的就是无比强大的力量。

"我做不了轰轰烈烈的大事，就想把群众期盼的一些小事做好。"日复一日、年复一年，警务站里的"老吕"在日常工作中，将一点一滴帮助老百姓、服务人民群众作为自己最大的价值和追求。如此平凡的"老吕"，为何成了群众心中的英雄？因为他是为人民服务的，人民必定会永远记住他。如海的鲜花、如潮的哀思，是群众对"老吕"的真切缅怀，也是对更多吕建江式平凡英雄的呼唤。对这样的呼唤，每一名党员干部都应该听得清清楚楚，回应得铿锵有力。

（原载《河北日报》2017年12月5日）

不忘初心 牢记使命
新时代需要千千万万个吕建江

河北日报评论员

不忘初心,从警十三载尽职尽责;牢记使命,倾尽毕生力为党为民。

岁末年初,吕建江同志的先进事迹在燕赵大地广为传颂,人们为这样一位不忘初心、牢记使命的优秀共产党员而感动,对这样一位尽忠职守、无私奉献的优秀人民警察心生敬佩。日前,省委书记王东峰对吕建江同志先进事迹作出批示,要求广泛开展向吕建江同志学习活动,激励全省党员干部和政法干警在新时代展现新气象、争取新作为。省委、省政府作出决定,在全省广泛开展向吕建江同志学习活动,教育引导全省党员干部进一步增强"四个意识",不忘初心、牢记使命,与时俱进、接续奋斗。这是对吕建江同志先进事迹的高度肯定,更是对一种高尚品格和崇高精神的大力弘扬。

吕建江让人感动、令人敬佩，是因为他在平凡的岗位上创造了非凡的业绩，在平凡的工作中体现出高尚的精神和情怀。他是不忘初心、牢记使命的时代先锋，是对党忠诚、服务人民、执法公正、纪律严明的新时代楷模，是军队退役人员的先进典型，是扎根基层、甘于奉献的优秀代表，是尽忠职守、建设平安河北的杰出榜样。

看似琐碎的小事里，蕴含着伟大的精神；一点一滴的奉献中，体现着不变的初心。吕建江用实际行动，对共产党人的初心和使命作出了生动诠释；吕建江的感人事迹，是对共产党人的忠诚和担当的现实注解。

正是因为牢记"共产党员就是一块砖，哪里需要就往哪里搬，必须干一行、爱一行"，他才做到了无论面对急难险重任务，还是日常巡逻值守，都能勇挑重担、冲锋在前、忘我工作；正是因为认识到"自己每一次进步都离不开党组织的培养和关爱，不管在什么岗位，都要对得起'党员'这个称号，都要牢记警察前面有'人民'二字"，他才把全部身心都投入到党的事业和公安工作中，始终坚持高标准、严要求，使自己的岗位成为坚强的战斗堡垒；正是因为始终牢记共产党人的初心使命和全心全意为人民服务的根本宗旨，他才时刻把人民利益放在心中最高位置，做到了"群众在哪里，工作就延伸到哪里；群众有什么需要，就推出什么服务"……

吕建江的先进事迹和崇高精神，具有非同寻常的时代意义。当前，中国特色社会主义进入新时代，河北开启了新时代全面建设经济强省、美丽河北新征程。解决好人民日益增长的美好生活需要和不平衡不充分发展之间的矛盾，需要我们每一个党员干部都像吕建江一样不忘初心，始终与人民同呼吸、共命运、心连心，永远把人民对美好生活的向往作为奋斗目标，全心全意为人民服务；战胜前进道路上的各种风险和挑战，为实现中华民族伟大复兴的中国梦作出更大贡献，召唤全省党员干部像吕建江一样牢记使命，始终保持共产党人的政治本色，认真履行好党和人民赋予的神圣职责，激发出方方面面干事创业的热情和力量，扎扎实实把中央重大决策部署落到实处。

全省各级各部门要高度重视、精心组织向吕建江同志学习活动，特别是要把学习活动与学习贯彻习近平新时代中国特色社会主义思想和党的十九大精神紧密结合起来，与学习贯彻习近平总书记对河北的重要指示要求紧密结合起来，与贯彻落实省委九届五次、六次全会精神紧密结合起来，与开展"不忘初心、牢记使命"主题教育紧密结合起来。广大党员干部要以吕建江同志为标杆，认真学习他不忘初心、牢记使命和对党忠诚的政治品质，学习他坚定的理想信念和自觉服务群众的为民情怀，学习他公正文明执法、依法办事的价值取向，学习他清正廉洁、敬业奉献的优良作风，真正把不忘初心、牢记使命体现在对党绝对忠诚、强化政治担当上；体现在坚持以人民为中心，带领人民群众不断创造美好生活上；体现在坚守共产党员的精神家园、恪守人民公仆的清廉本色上；体现在善于学习、

悼念吕建江的群众到他生前工作的警务室献上菊花

勇于实践,全面增强执政为民的本领上。

不忘初心,方得始终。新时代需要千千万万个吕建江,让我们以吕建江同志为榜样,始终牢记共产党人的初心和使命,自觉践行"四个意识",立足本职、苦干实干,奋发有为、开拓创新,切实把党的十九大精神和习近平总书记对河北工作的一系列重要指示落到实处,以永不懈怠的精神状态和一往无前的奋斗姿态,奋力开创新时代全面建设经济强省、美丽河北新局面。

(原载《河北日报》2018 年 1 月 16 日)

读懂吕建江的"第一身份"

河北日报评论员

军医吕建江、片警吕建江、微博大V吕建江……

吕建江有很多身份,但他最看重的是这个:党员吕建江——这是支撑吕建江所有行动的源动力,也是我们解码吕建江精神世界的"金钥匙"。

因为牢记"第一身份",所以忘我付出,无怨无悔;因为不忘初心,所以一心为民,矢志不移。从在党旗下举起右拳的那一刻开始,吕建江的生命就被赋予了新的色彩。对党忠诚、牢记宗旨,是他最厚重的人生底色。这底色,不因岗位的变动而有任何变化,不随时光的流逝而有丝毫消褪,反因多年的坚守而愈发浓重、鲜艳。

"党在心中,要有钉钉子的精神,一锤接着一锤敲。"吕建江的一辈子,只做了一件事:兑现党旗下的铮铮誓言,全心全意为人民服务,为党和人民的事业奉献、奋斗。于是，他成了那个"唠唠叨叨"却总是激情满满的吕建江，成了那个不知疲倦、"永远保持在线"的吕建江，成了那个满身"土味儿"却不断创新为民服务载体的吕建江……牢记"第一身份"，永远不忘初心，成就了优秀共产党员吕建江，也将共产党人的高大形象镌刻在他所在的这座城市的人民心中。

在新时代的征途上，面对党员吕建江，我们每一名共产党员都该自问：我离吕建江有多远？如何才能成为吕建江？

毛泽东同志曾说："学雷锋不是学他哪一两件先进事迹，也不只是学他的某一方面的优点，而是要学他的好思想、好作风、好品德。"今天，我们学习吕建江，也不应只是学习他的一两件事迹，而是要学习他不忘初心、牢记使命的政治本色，对党忠诚、一心为民的坚强党性。这是学习吕建江的根本要义。正是因为始终保持这样的政治本色和坚强党性，吕建江才"不管在什么岗位，都要对得起'党员'这个称号"。同样，新时代的共产党员也只有始终保持这样的政治本色和坚强党性，才能有成为吕建江的坚实基础。

成为吕建江，还要把这种政治本色和坚强党性体现于实践，把"第一身份"体现于行动。吕建江说，"就想把群众期盼的一些小事做好"——把"我"变为吕建江，就要像他那样将个人的岗位职责融入到不断满足人民具体的、现实的需要中去；吕建江十三年如一日，只想着"为老百姓做一点、多做一点、再多做一点"——把"我"变为吕建江,就要有他那样的韧性,一件接着一件为群众办好事、一年接着一年为人民服好务;吕建江家境清寒,却自费制作挪车卡、自费建立我省首个网上警务站,并坚决拒绝将大V身份"变现"的诱惑——把"我"变成吕建江,就要像他那样抛开名与利的枷锁,树立正确的义利观、公私观、价值观,淡泊名利、甘于清贫、公而忘私、大公无私……

用"第一身份"铺就人生底色,用实际行动诠释不变的初心——吕建江向我们展现了这样一个光辉形象,也向我们揭示了优秀共产党员是怎样炼成的。读懂了吕建江的"第一身份",也就读懂了"谁是吕建江"、"为什么是吕建江"、"如何成为吕建江"。

(原载《河北日报》2018年4月13日)

"时代楷模"吕建江

弘扬吕建江的担当精神

河北日报评论员

"叨叨"的多是家长里短，办理的多是"芝麻小事"，却凭这些成了很多群众的"家里人"、贴心人。说起他，人们心怀敬佩、赞叹不已。这就是吕建江，一名令人肃然起敬的好警察，一位让人难以忘怀的好干部。

是什么在人们心中沉淀出如此真挚的感情？是什么凝聚起这由衷感佩和深深怀念？

最动人心是精神。人们感佩、怀念吕建江，一个重要原因，就是从一句句"叨叨"、一件件小事里，真切感受到了一名党员干部忠于使命、勇于担当、无私奉献的崇高精神。

失物招领、违章处理、办事咨询……面对这些繁琐的小事，十几年如一日，始终保持耐心细致、周到热情，因为他认准了"人活着就要做点儿事。为老百姓做点儿实事，不就是咱人民警察的价值所在嘛"。面对这样那样的人情、诱惑，从不乱用手中的权力，更没办过一起"关系案"、"人情案"，因为他经常告诫自己"做人要讲良心，我必须好好干，不管在什么岗位，都要对得起自己的身份"。一直过着清贫的日子，然而面对群众的新需求，却自费创建了网上警务室、实名微博、公益网站、微信公众平台，因为在他看来，做一名合格的共产党员，就是要始终坚持党和人民的利益高于一切，就是要吃苦在前、享受在后，克己奉公、多作贡献。

"不管在什么岗位，都要牢记警察前面有'人民'二字"，"咱们都把各自的'片'经营好了，老百姓满意了，社会就好了。"简单质朴的话语，表达的是对群众冷暖的深切牵挂，饱含的是对工作、对事业的真诚热爱。

忠于使命、敢于担当、忘我奉献——从部队到派出所再到警务站，这种精神和作为始终是吕建江最鲜明的标识，也是他留给人们最深刻的印象。"大象无形，大音希声"。吕建江用平实而自然的方式践行着这些崇高的精神。人们怀念吕建江，是感念他踏踏实实、用心付出的实际行动，更表达了对忠于使命、勇于担当、无私奉献精神的崇高礼赞。

唯有担当，方成其业。一个把使命和事业看得比生命还重的人，一个在工作中勇于担当、无私奉献的人，即使身处平凡岗位，也一定能干出不平凡的业绩，书写更有价值的人生。

不凡的精神品质感染心灵，高尚的人格魅力无远弗届。对于党员干部来说，无论身处什么岗位，肩负何种职责，忠于使命、勇于担当、无私奉献都是共同的要求，都不可或缺。吕建江就像一面镜子，照见忠于使命、勇于担当的价值理念，照见忘我工作、无私奉献的精神境界。学习吕建江，就是要用心感受他对使命的那份忠诚、对群众的那份深情、对事业的那份激情，对做好工作的那种执着追求，自觉把忠于使命、敢于担当、忘我奉献融入每一天的工作，融入每一次的"叨叨"。

"如果你是一滴水，你是否滋润了一寸土地？如果你是一线阳光，你是否照亮了一分黑暗？如果你是一粒粮食，你是否哺育了有用的生命？如果你是一颗最小的螺丝钉，你是否永远地坚守着你工作的岗位？"只要我们始终牢记"我是谁、为了谁"，坚持用日常生活工作的点点滴滴来诠释使命、担当与奉献，党员干部队伍中的"吕建江"定会越来越多。

（原载《河北日报》2018年4月14日）

感悟吕建江的为民情怀

河北日报评论员

"吕建江警务站"旁，悼念的群众络绎不绝，来了一拨又一拨；"老吕叨叨"微博上，思念的留言数不胜数，翻了一页又一页……一位基层民警，获得人们如此缅怀，他的人生，有着怎样感动人心的故事？一名普通党员干部，活在了千万人的心里，这样的境界，需要怎样的德行才能达到？吕建江如同一面旗帜，高扬在全心全意为人民服务的路上；吕建江如同一面镜子，映射出共产党人的赤子之心、为民情怀。

吕建江的一生，没有什么豪言壮语，也没有什么惊人之举，他扎根一线，坚持为群众做好事、办实事、解难事，在平凡岗位上创造了不平凡的成绩。急百姓之所急，把群众的事当大事——有人得急病要到省会医院抢救，他帮忙开道；孕妇羊水破了半夜打不上车，他开车接送。想群众之所想，把为民服务延伸到网上——在微博中及时发布安全警示，教大家如何防范不法侵害，如何识别虚假谣言；耐心倾听和解答网民们遇到的各种烦心事、苦恼事。解群众之所困，尽心竭力帮忙——从警十三年，他先后帮助数百名群众办理户籍迁移和咨询服务，协调解决各类纠纷几百起……爱民者，民恒爱之。一个党员干部只要心里装着群众，真心实意服务群众，人民群众就信任他、爱戴他。

为群众办一两件好事不难，难的是不论何时何地都一直为群众办好事；一两天内为群众服好务不难，难的是长年累月为群众服好务。吕建江为什么能一直坚持为群众办好事，为什么能始终为群众服好务？

永远不变的初心、真挚的为民情怀是源动力。"老百姓有事来找咱，就得把这件事儿放在心上，不能高高在上，要俯下身子，踏踏实实为老百姓服务。"朴实话语的背后是一颗赤诚的为民之心。吕建江始终把人民放在心中最高位置，扎根基层、亲民为民、服务群众。不管是在担任社区民警的六年中，还是在担任安建桥综合警务服务站主任的七年里，他总是一心为民，哪里有群众需要帮助，就出现在哪里，于平凡处，在细微中，生动诠释了一名基层党员干部的初心和情怀。

不断"更新升级"为民服务方式是途径和保障。在很多人把QQ、微博等作为私人聊天工具的时候，吕建江却在

吕建江常说：老百姓有事找咱，就得把这件事儿放在心上

琢磨如何把这些"新东西"变成与群众沟通、办事的新途径，延伸自己为百姓服务的"腿脚"和"手臂"。他自学技术、自掏腰包，创办了河北第一个网上警务室、第一个民警实名微博"老吕叨叨"、第一个民警公益网站"失物招领网"、第一个民警微信公众平台"石门叨叨警"……他为民服务"不下班"，在网上察民情、排民忧、解民难，为群众送平安、送法律、送服务，以新手段、新方式展示了一名党员干部的新作为。

  一个人，无法控制生命的长度，却能够决定生命的厚度。吕建江用一件件为民实事积累起了厚重充盈的人生。我们向吕建江学习，就要学习他不忘初心、一心为民的高尚情怀，学习他与时俱进"更新升级"为民服务方式的创新精神，在新时代的新征程上，用真挚的情感、扎实的行动，不断拓展人生的价值、增添生命的厚度，把共产党员的高大形象树在人民心中。

（原载《河北日报》2018 年 4 月 15 日）

访谈录

严爱国:为民解忧 一份初心写赤诚

严爱国:吕建江好友、河北爱心救援队队长

"有困难找老吕"是石家庄安建桥警务站管辖区附近居民的一句顺口溜。孕妇羊水破了半夜打不上车,找老吕;网友急病求助转院,找老吕;家庭发生矛盾,找老吕……在吕建江眼里,百姓的事再小,也是大事。

爱管闲事的胖警察还守在那里

老吕给我的印象就是憨厚朴实、胖乎乎的一个警察,小眼睛一笑和蔼可亲。每次走到安建桥警务站,一看里面有老吕,肯定要进去聊会儿。老吕总是笑脸相迎,把阳光的一面传递给大家。

警务站西边桥下乱停乱放的自行车被老吕摆放得整整齐齐;附近工人们手机没电了,老吕自费掏腰包买了一排插座放警务站,他说离家在外不容易;上岁数的老人出门坐公交忘带零钱,老吕经常在身上备着一块两块的零钱。居民钥匙落在家里了,打"110",老吕就展示自己的"爬楼"绝技,大多是爬二楼,最高的还爬过四楼。居民就愿意求助老吕,感觉很正常。所以说,他和百姓的距离拉得很近很近。

雨天的时候,老吕的警务站经常被挤得水泄不通。老人坐着避雨,年轻人站着蹭网。警务站还备着好多把雨伞,谁有用就拿一把。雨伞破损了,自己花钱补。风小了,雨停了,行人陆续都走了,警务站还在路口屹立着。老吕,那个让人心安、"爱管闲事"的胖警察,还在那儿守着。

老吕做什么事都喜欢琢磨

老吕做这些事都是发自内心的,很专注,他整颗心都放在如何更好地服务人民上。

警务站有专门的巡逻车，老吕却偏偏喜欢徒步巡逻，他说这样便于更深入地了解辖区情况。记得有一次深夜他值班，我路过那儿，就跟着他一起去辖区巡逻，当走到一处停车场，他停下问我："你说这个停车场有没有忘记锁车门的车？"我说没有，他说咱们打个赌，肯定有。我不信，就跟着他把一百多辆车查了个遍，还真发现有一辆车没有锁好车门，车里还放了包。我问他是怎么知道的，他说："老干这个，这是经验。"

老吕这个人心非常细，工作点子也特别多。在他的警务站里放着三个洗脸盆，装的都是路人捡到的车钥匙、银行卡、证件之类的小物件。为了方便失物认领，老吕创办了"失物招领网"，把这些失物分别编上号，拍照片发到网上。通过公安系统帮助联系失主，加上自己微博粉丝多，失物认领的比率比电台广播都高。大家捡了东西都往警务站送，丢了东西去警务站找，他那儿像个"中转站"一样。

为了解决辖区小区业主停车难、易纠纷的问题，他自费制作发放"移车卡"。为了防止老人走失，设计了"黄手环"，上面有二维码可以联系到家人。

救援编号54，永远留给他

我和老吕认识五年多了，他是我们河北爱心救援队的第54号志愿者，可以说是队伍里的"王牌"。老吕很重视品牌和团队的力量，他告诉我："一个人做好事和带领团队做好事这是两个概念，人多，想法儿才会多，你一定要做出独立的公益品牌。"在他的眼里，要想做出成绩，就一定要实实在在做人，踏踏实实做事，努力把每一次爱心救援做好，不求回报。

他在巡逻过程中，就多了一份汽车救援的工作。有一次，一位女士的汽车亏电了找他帮忙，他给我打电话说："这位女士的汽车竟然没有电瓶。"我弄清情况，告诉他有的车电瓶在车后面。于是，我们俩在电话里哈哈大笑。

听到他离世的消息，我心里太难受，好像丢了什么一样。我去他家里吊唁，老吕的手机就在他的遗像附近放着，我听到手机的微信一直响，我看到许多人在微博@他，就好像他还在。

老吕生前曾跟我说："首先要把自己日子过好，再去实实在在帮助别人。要保证好自己的身体，才能做更多好事。"他这么劝我，自己却没做到。

这个"54"的救援编号，我们会永远留给他。河北爱心救援队也会向他学习，实实在在做下去，踏踏实实走下去。

扫码观看访谈视频

王永辉：待明年再看海棠花开

王永辉：吕建江综合警务服务站主任

吕建江走了，警务站点名时却仍有他的名字，微博"老吕叨叨"也没有因此停止更新，帮扶群众的事业仍然有人接替。

一声"吕哥"道不尽群众的信任

暖春四月,警务站旁边的小树林里,海棠花开得正好。吕哥生前最喜欢拿着相机拍这里的花,发个微博、放松下心情。我多想对他说,吕哥,你最喜欢的海棠花又开了,但是海棠树下却再也看不到你的身影。

虽然同属一个系统,我和吕哥的结识却缘于网络。2010年,他亮明身份开通微博"片警吕建江"。那时我也有微博,只是我没有他那样的勇气,既没有暴露民警身份,也不用它参与公安工作。直到2013年,我开始管理警务站的官方微博,才开始在网上跟他频繁互动。2015年,我们成为了同一个分局的战友,我跟他接触的机会更多了。除了工作中一起参加培训,一起给分局的民警授课、讲解网络知识,私下我们也是很好的朋友。

他喜欢用微博开展工作、喜欢跟网友互动。他在网上就是个"叨叨嘴的老婆婆",经常给大家叨叨各种安全防范知识,提醒晚上睡觉关好门窗、盘点开车的注意事项,等等,不厌其烦。在网络上,他没有管辖界限,石家庄的事儿他管,河北省的事儿他管,其他省市的事儿他也管。

有一次,一个太原女孩儿发来的私信惊出了他一身冷汗:"叔叔,你说有人开煤气自杀吗?"多年的经验告诉吕建江,这个女孩儿思想上出现了问题。于是,长达四个多小时的劝解开始了。"傻孩子,有什么事跟叔叔说说。"

"孩子你要记住,你永远都不是一个人,还有很多爱你的人,不要让爱你的人伤心。""闺女,听叔叔的话,去把煤气关了。""明天我给你讲我小时候的故事,你愿意听吗?"分散她的注意力、耐心劝解、拉关系获取女孩儿位置、联系山西警方……等女孩儿稳定了情绪,已经晚上十一点了。

他在网上救助过的人很多,给病人联系过医院、替人寻找过失散四十多年的战友、为网友办过销户手续。因为亲切、随和、跟网友没有距离,他就像是邻家的大哥或者大叔。微博上,很多人喊他"吕哥"、"吕叔"。私下交往这么多年,我也一直喊他"吕哥"。

技多不压身,只为保一方平安

石家庄的主要路口和重点部位分布着110座警务站,自2011年7月1日成立后,这些警务站就担负着接警出警、治安巡控、交通管理、窗口服务、接受救助、法律咨询等职能。原安建桥警务站就管辖着0.74平方公里的范围,1.7万常住人口。

作为警务站主任,吕建江竭尽全力帮助群众解决困难,确保一方平安。他开创了河北警方的"五个第一":第一个网上警务室、第一个民警实名认证微博、第一个民警开办的个人微信公众号、第一个民警创办的公益网站——失物招领网、第一个民警印制的二维码移车卡。

2010年7月14日开通微博，直到去世的前一天，他坚持了七年半、2696天，发布微博17357条，粉丝达到28000多人，平均每天发布六条半微博。

他开办的"留村社区网上警务室"在全省进行了推广；他活学活用，仿照一档电视节目，将失物招领网更名为《等着你》；他印制了三代、五种形式的移车卡，从直接留下电话号码，到六位数字编码，再到微信扫码，只为了防止因为停车引发的矛盾纠纷。

他是个很潮的人，对新鲜事物感兴趣。为群众服务的手段，什么火他用什么。他拍了防范电信诈骗的微电影《钻空子》；他用当时最流行的汤姆猫软件录制安全提醒；他去网络电台当主播，录制了25期安全防范提醒节目……

紧跟时代，心系群众。他每天都在琢磨如何创新，如何利用更好的渠道和平台服务群众。遇到新问题，他就想新办法。

我佩服他的执着和坚守。

你没走远，我们还在

无论在微博里还是现实中，他给人的印象始终是乐呵呵的，一副没有烦心事的样子。其实，他也有他的烦恼，在工作中，他也遇到过不理解和无端指责。

有一次，一个群众拿着驾驶本来处理违章，可车不是他开的，这明显是代人受罚。吕主任不便给他处理，这位群众非常不满意。之后，吕主任还为此在微博上写道："你即使投诉我，我也得坚持原则，我也不能给你办。"

群众发生大事小情，第一个到场的就是我们民警。出警过程中，不知道会遇到什么样的危险，老百姓有时不理解，对我们的处理方法不满意，甚至说我们执法不公。就这类问题，我们经常交换意见，吕主任也遇到过很多类似的问题，但他却始终抱着最大的热情和耐心给群众做工作，文明执法。

其实，接任吕主任的位置是一份荣誉，也是一份责任和压力。他做得太好了，我生怕辜负了他，也辜负了网友和群众对我们的期待。

他去世的第五天，原"安建桥综合警务服务站"正式更名为"吕建江综合警务服务站"；在他去世整一个月的日子，微博"老吕叨叨"也重新启动，这是我们对他最好的怀念，同时，我们也想告诉群众，吕主任虽然走了，但他的精神永存，他的事业还会由我们来做。如今，我们每一个人都在努力，都把吕主任当成我们的榜样。我和同事们仍然把维护辖区的稳定当作我们的主要工作，加强巡逻、帮扶群众，让老百姓拥有幸福感、获得感、安全感。

吕哥走了，但每周一早上，警务站点名时，第一个就会喊"吕建江"，全员整齐响亮地回答："到！"这种形式也在时刻提醒我们，吕主任永远是警务站的一员。我们也会

吕建江生前与王永辉在春天里的合影

始终牢记,党徽在胸前、群众在心里,人人都要做吕建江式的好民警。

吕哥,待明年,海棠花开时,让我们送你一份"百姓平安、幸福"的礼物!

扫码观看访谈视频

崔利平：老吕！下辈子，换我来保护你

崔利平：吕建江妻子

一心为民的好民警吕建江已经去世四个多月了，那些或艰难、或甜蜜、或心酸、或感动的岁月，在他的妻子崔利平心中却越发清晰。

那年，我们恋爱了

我们是高中同学，他当过班长和劳动委员，而我是宣传委员。接触的时间长了，我发现他学习成绩好、办事认真，特别能给人安全感。他当兵后我们开始通信，开始只是互相鼓励，直到有一天，他写信告诉我，他想过来看我。

他第一次来我家是正月初四，那天我生日。下午三点多，在邻村村口，看到他一手拎着蛋糕，一手扶着自行车向我走来，身上那件军装格外显眼。

22岁的我们感情很纯粹，两个人好就好，其他什么都不重要。他不嫌弃我是农村户口，我也不嫌弃他家穷。当时他家只有两间能住人的窑洞，一间哥哥嫂嫂住，一间老人住。他跟我说，我们结婚时可能没有房子，只能跟老人一起住。我回答他："你在哪儿，我就在哪儿。"

老吕就是一根筋

我很佩服老吕。他脑子灵活，喜欢钻研，总有一股不服输的劲儿。在学校考英语时，同学们两三年都没考过，他一次就过了；学电脑，他也是白天看，晚上琢磨；见到老人走失，他发放"黄手环"；见到警务站里的失物越来越多，他就创办了"失物招领网"……这个永远都学不会打麻将的人，在利用网络服务群众方面，新点子却是层出不穷。

为了帮老百姓及时解决问题,他在微博上公布了自己的手机号码。人们有事无处救助时,就想到老吕。他的电话不知道什么时候就会响,有时候凌晨两三点钟,他还在强打精神处理问题。电脑坏了找他、家人生病找他、同事请假需要替班找他……他都会有求必应,从来不找借口推辞。

有时我们一家想出去玩儿,他总说:"别算上我,我可没准儿什么时候有空。"我曾经问他,如果单位没有特别的事,能不能撒个谎请个假。这点,他好像永远都学不会。

他的工作费时长、操心多,在我的意识里,他虽然疲惫,身体却是健康的。因为曾经学过医,腿疼的时候,他会买膏药自己贴上;颈椎疼的时候,他也会自己处理。他的皮实让我觉得他的身体一直很好,总感觉他会照顾我一辈子。

侠骨也有柔情时

人家都说"舍小家为大家",其实忙归忙,老吕却从来没有忽视过家庭。下班回家前,他经常打电话问:"老婆,你想吃点儿什么?我买菜给你做。"我过生日时,他会千方百计为我准备惊喜;我加班疲惫时,他会尽量让我好好休息。

浪漫的他很有生活情趣。在部队给我过第一个生日时,由于很难买到蛋糕,他就在盘子里放上两个煮熟的鸡蛋,放上一根葱丝,摆成"100"的数字造型端到我面前,跟我说:"老婆,生日快乐,希望咱俩都能活到100岁。"

我的生日他从没忘记过,每年正月初四,他都会买花、买蛋糕,或者给我做顿可口的饭菜。确实抽不出身时,他也会提醒我弟弟为我过生日。有天早上,我还没醒,就感觉他在我的手心里画着什么。我迷迷糊糊地问:"你画什么呢?"他笑眯眯地在我耳边说:"老婆,生日快乐!"

老吕带给我的是温暖,带给女儿的是责任。他的言传身教让女儿从小就乖巧懂事,在孩子眼中,她的爸爸是最帅的,爸爸做什么都是最好的。一家三口出门时,女儿在前面搂着爸爸,我在后面跟着。有时我都会抱怨:"怎么觉得我这么多余,你们都不管我。"于是,女儿又回来搂我。

其实,老吕也有烦心的时候,但他通常选择乐观面对,很少向我倾诉。为了保护我,他在工作中遇到抓犯人、流血之类的事情,也从不让我知道。点点滴滴的温暖让我们了解,他特别在乎我和女儿。所以,即使他的工作再忙,我们也是理解与体谅的。

时刻铭记做一个好人

拉家常时,他跟我说过:"万一我有什么事,你一个人可怎么生活啊。"老吕心里清楚,他要是有个三长两短,我和女儿就没有依靠了。他是家里的顶梁柱,是我和女儿的避风港。可他太忙了,他曾经说过要带我出去走走的。他一辈子也没有什么特别的爱好,就喜欢喝点儿小酒,他还跟女儿说:

"以后等我老了,你来看看爸爸,记得给爸爸带几瓶酒。"

老吕在的时候,我特别怕他拿手机。现在,我反而每天抱着他的手机不撒手了。这些年,我一直知道他在做好事,在服务群众,却不清楚他具体帮了大家什么,帮了哪些人。直到很多陌生人来家里看我,有的甚至拉着我的手大哭,我才知道,原来还有这么多人在怀念他。这也许就是他常说的"你把老百姓放在心里,老百姓也会把你放在心里"。

人家都说"人走茶凉",老吕去世后,反而有很多以前不认识的人在默默关心着我和孩子,有人帮忙修了灯,有人为家里送来了米面。老吕虽然不在了,但他留下了最宝贵的精神财富,那就是做一个好人。也许正因为他是个好人,所以才有这么多人时常记挂着他。

我想对老吕说:"老吕,你一个人挣钱养活我和女儿,照顾我妈和弟弟,你为家里付出的太多太多了。下辈子,你做女人,我做男人,换我来保护你、照顾你。"

扫码观看访谈视频

乔民：光荣在于坚守

乔民：吕建江同学、白求恩国际和平医院医生

吕建江是从农村走出来的孩子，从军十五年，从警十三年。戎装可改，初心未变。他时刻把"人民"放在心中，把"服务"扛在肩上。

脱下军装那一刻,他难以割舍

我和吕建江从 1990 年上军校认识,一直到去年他病故,没有中断过联系,相识相知整整二十七年。

回忆起上军校的日子,那时候我们还是二十来岁的热血青年,心比天高,也有些贪玩。考试临近,我们加班加点"突击"复习,而吕建江呢,从来不"突击"。成绩下来,他却比我们考得都好。因为他把复习都放在了平时。

毕业季,我们各奔东西,他被分到一个偏远的山沟当库区军医,整个库区很大,位于三省交界的地方,他经常要背着沉甸甸的诊箱走几十里山路。

吕建江把"家"安在这里,把"心"放在工作上。他不忙的时候就带着战友为当地老百姓义务巡诊。"非典"那年,他还亲手设计制作了防范"非典"的宣传单、小卡片,联系当地电视台播放防治方法的视频。

本就是从大山里走出来的吕建江没有抱怨,在山沟里一待就是好多年。他把老家的爱人带到部队驻地,孩子就出生在那儿。驻地交通不便,小孩儿每天都得坐通勤车颠簸十多公里到县城里去上学。

如果不是 2004 年面临转业的话,他从没有想过离开这个地方。他舍不得脱掉这身军装,舍不得离开部队,舍不得那帮战友。他不知道,除了当军医治病救人以外,他还能干什么。

那是我印象中,他第一次有那么大的情绪波动。

他没有提任何要求，因为军人以服从命令为天职。他带着一家三口到了石家庄，进入公安系统，成为了一名人民警察。在哪儿干不是为人民服务？他穿上了崭新的警服，从此再没有脱下。

优秀的民警是这样炼成的

一个真正优秀的人民警察，绝不是从石头缝儿里蹦出来的，他是从年轻的时候，在自己的努力下，在环境的熏陶下，在为人民服务的坚守下产生的。

刚刚当民警时，他也不适应。但是为了尽快融入新角色，他开始努力地学习，比他年轻但是入行早的同志，他会喊声"师傅"并虚心请教。来单位上班他总是第一个到，打扫卫生他总是一马当先，抓捕罪犯他总是冲在最前面……

从"门外汉"到"熟练工"，他靠的是"善用一技之长"。平时巡逻的时候，他随身带着听诊器、测压仪、照相机、笔记本，免费帮居民查身体、量血压、拍拍照、治治病，一来二往，就把警民的关系拉近了。

他一直对网络感兴趣，当兵时就利用互联网给官兵们查资料、了解护理知识、建立就业信息平台。所以后来他创办河北省首家"网上警务室"、运营 24 小时不下线的"老吕叨叨"、自制公益网站"失物招领网"，都是源于对网络信息知识的积累。

老吕生活中其实不爱叨叨，他叨叨的全是他的工作。

每次同学聚会，最爱聊工作的总是老吕，聊天内容全是治安管理处罚法、刑诉法、盗窃罪量刑，等等，一场聚会往往变成了普法课讲座。

他后来把"片警吕建江"改成"老吕叨叨"，我就说："老吕，你微博名字改得真好，你是真爱叨叨。"

军医出身却没救回自己

老吕这个人非常阳光，非常热情，对生活充满着一种美好的向往，什么困难到了他那儿都是一笑置之。我从没有见过他跟别人发脾气，也许只有人贩子和小偷见过。

前两年他突然打电话说，他体检测血压时快 170 了，我赶紧叮嘱他一定要按时吃药，调整好工作和生活节奏。同时安排他到医院调理一段时间，他却说："顾不上，顾不上，我先找点儿药吃吃吧。"

他父母都没有高血压病史，他自己身体也非常健壮。他每天都要徒步巡逻，按着固定的路线巡逻一大圈，妻子给他揉脚时就发现他脚上长了又厚又硬的老茧。有时候巡逻老吕还得爬个楼、翻个墙，身手一点儿不差。

后来我们就分析他的病与高强度的工作和过度操心有直接关系。直到他去世前的晚上，他依然抱着手机在看警务站值班和巡逻情况，在微博上为网友解疑释惑。

最让人感到惋惜和悲痛的是，晚上 20 时 40 分，他发出了一条悼念微博，是为了缅怀 11 月 9 日因突发心脏病去世的秦皇岛抚宁镇派出所所长潘权。昨晚还在悼念别人,第二天早上他却离开了。"不下班"的老吕终于下班了。

吕建江的一生诠释了三种情怀

我一直在想用什么词来形容他的一生,后来我想到了一个词:情怀。

一是人文情怀。所谓人文情怀就是时刻不忘扶危济困。我们曾讨论过什么叫"士"。他对我说:"无恒产有恒心,以天下为己任者,才叫'士'。"老吕从不攀附权贵,就是一心想为百姓做一些力所能及的小事。

二是家国情怀。他家里很简朴,生活也很朴素,但是你去他们家,总感觉有一种阳光向上、其乐融融的气氛。他的级别不高,但是从来没有任何抱怨,永远是阳光向上的态度。"穷则独善其身,达则兼济天下"就是他的理想。我觉得,这才是真正的家国情怀。

三是军人情怀。原来部队有句话叫"排炮不动,必是十纵",说的是战士们作风硬朗、意志坚强,在大口径火炮覆盖下,岿然不动、队形不乱。吕建江就是这样的人,无论身处哪个岗位,干一行,爱一行,一直默默地坚守,努力做好自己手头每一项工作。他做的虽然都是小事,但每一件都是为人民服务的大事,这不就是当代的"雷锋",时代的楷模吗?

扫码观看访谈视频

吕建江同志先进事迹报告会报告词

吕建江同志先进事迹报告会报告词之一

不变的军人本色

吕建江同志的战友 付云川

各位领导、同志们:

大家好!

我叫付云川,和吕建江是中国人民解放军第四军医大学的同学。我们相识相知二十七年,是情同手足的兄弟。

吕建江出生在河北省井陉县的一个小山村,1989年,他高中毕业,参军入伍,成为驻重庆某部的一名新兵。刚到部队,

付云川

火热的军营让他新奇不已,严酷的训练也让他有些力不从心。第一次站军姿,建江就因身体不适晕了过去。一直要强的他,感到很"丢人";给班里抹了黑,他很苦恼。而战友的关心、班长的鼓励,让他感受到部队大家庭的温暖,他重拾信心,很快又投入到紧张的军事训练中。

那年,部队冬训时赶上了一场大雪,还刮着风,穿着棉服都禁不住打哆嗦。建江看到一群老兵在雪地里摸爬滚打、杀声震天,这让他很受触动。建江是个从不服输的人,他暗下决心,自己也要像老兵一样,做一名军事过硬的好兵!从此,他咬着牙苦练狠练,成为连队的优秀士兵。部队领导看他训练刻苦,业余时间还坚持自学,就推荐他报考军校,当兵第二年,建江成功考取了第四军医大学。

建江常说:"我是山沟里出来的穷孩子,没有组织就没有我的今天,咱要懂得知恩图报。"军校三年,他的报恩方式,就是勤学苦练,刻苦钻研。每次去找他,他不是抱着书本在看,就是在埋头记笔记。老师说"军医的战场在手术台,救死扶伤要能打胜仗"。建江把这句话牢牢记在心里,珍惜在校的每一寸时光,他把学习当成"最解渴"的事情,政治课上全神贯注,专业课上如饥似渴,实习期间一丝不苟,一直到毕业,他的各科成绩都很优秀。

1993年大学毕业,建江被分到总后某仓库卫生所当军医。接到通知,他背起行李就去报到。仓库位置偏远,周围全是大山,不通公交车,生活保障极为不便,前几年分来的干部,没待多久就都走了。我问他:你有什么打算?

他说：这里就是我的战场，我要在这儿干一辈子。

仓库驻地分散在近二十平方公里的山沟里，诊所在山下、库区在山上，官兵下山看病很不方便。仓库卫生所所长是一位临近退休的老党员，业务过硬，工作认真负责，经常带队翻山越岭去巡诊。建江看在眼里，佩服在心里。等路线摸熟后，他经常自告奋勇外出巡诊，不怕苦不怕累，就连刮风下雨也不间断。

建江不仅工作勤奋，思想上也积极要求进步，他向组织递交了入党申请书，决心做一个像老所长那样的党员，时刻冲锋在前，全力保障部队战斗力。那段时间，我和建江通电话，他总是满满的好心情，说领导和战士们都很信任他，工作挺忙，心里特别充实。1994年11月的一天，建江给我打来电话，特别激动地说：云川，我入党了！那一刻，我由衷地为他高兴，因为这是他一直不懈追求的目标。

入党后，他工作更加积极主动，多次被所在部队评为优秀共产党员、基层卫生工作先进个人，还荣立了个人三等功。后来，他接了老所长的班，成为我们同学中最早晋升营职干部的人。

作为多年的老战友，我很了解建江，对他来说，入党绝不是为了捞张"党票"，提职也绝不只是肩上多了"一道杠"，他视官兵生命高于一切，使命责任重于泰山，他把对党的无限忠诚化作对工作的高度负责，赢得了部队官兵的信任和赞扬。仓库战士董华，临退伍前从叉车上摔下来，膝盖粉碎性骨折。为了不给董华将来的生活带来影响，建江护送他到上级医院救治。从检查、手术到后期康复,始终像兄长一样守在旁边,洗衣打饭,嘘寒问暖,直到董华痊愈,他才放下心来。2003年爆发"非典"疫情,开始没有对策,一时间人心惶惶。建江找到懂中医的老所长,一起研究防治药方,到县城买来药材熬制,每天督促大家服用。最终,仓库官兵实现了"零感染"。直到现在,当年的老领导、老战友说起吕建江,还都直竖大拇哥。

2004年,赶上部队裁军,建江所在单位营职以上干部全部安排转业。对于想在部队干一辈子的建江来说,很是不舍。脱下军装的那一刻,他哭了。但军人以服从命令为天职,他不埋怨、不后悔,他说,在部队锤炼的信念坚定、忠诚踏实、吃苦耐劳的品质,是最宝贵的财富,自己会感恩一辈子。

面对人生抉择,建江毫不犹豫地选择了从警,因为在他的心里,有着始终割舍不下的制服情结。就这样,建江从部队的卫生所长转业到公安系统,成了一名普通社区民警。刚当警察时,他两眼一抹黑,为了尽快熟悉工作,他又拿出在军校时的拼劲儿,主动拜老民警为师,不会的就学、不懂的就问,很快就从一个"门外汉"变成了社区大学的"高才生",没几年就当上了派出所副所长、警务站主任。这些年,建江没少为群众的事操心,隔三差五地给在医院工作的同学打电话,不是辖区群众生病,就是同事身体不舒服,甚至是连面都没见过的网友要去医院,都让同学们上点儿心。从他帮助别人后的喜悦中,我感受到的是

老吕生前带领整齐的队伍在警务站门前集合

"医者仁心",更是军转干部的责任、人民警察的担当。

建江虽然倒下了,但他始终本色不变、军魂不倒。十五年的军旅生涯、十三年的警营历程,他走得坚实,走得出彩。他的生命虽然缺少了长度,但有厚度,有高度,更有温度!我们从心里为有这样的好战友、好兄弟感到骄傲!

谢谢大家!

扫码观看
报告会视频

"时代楷模"吕建江

吕建江同志先进事迹报告会报告词之二

我们的"吕村长"

石家庄市桥西区留村社区治保会主任　张志杰

各位领导、同志们:

大家好!

我是石家庄市桥西区留村社区治保会主任张志杰。2004年,吕建江转业后的第一个岗位,就是在我们社区当片警,我是一名联防队员,比他小几岁,就叫他吕哥。

留村地处石家庄的城郊接合部,那时,很多外来人口在这里

张志杰

租房居住，开小作坊，办养殖场，治安环境特别复杂。吕哥一到任，就遇到一户村民家里被盗。他带着我们去调查，那个村民毫不客气地说：老是丢东西，警察是干啥吃的？！听了这话，吕哥涨红了脸没说话，接着做笔录。从村民家出来，他就跟我们说：这话真让人臊得慌！咱一定好好干，你们配合我，把留村治安搞上去，别让老百姓戳咱脊梁骨。

从这以后，除了在所里开会、值班，吕哥从早到晚都扎在村里。入户走访时，每敲开一家门，他都热情地介绍自己，问问情况，听听需求。为了和群众拉近关系，他随身背着"两件宝"——血压计和听诊器，遇到上岁数或者身体不舒服的，就帮着量量血压、听听心肺，讲些医疗知识。没过多久，村里人都知道了，警务室来了个会看病的吕警官，人挺和气。尤其是上岁数的，经常找他量血压。一来二去，他很快和大伙儿熟悉了，谁家有多少人，邻里关系怎么样，有什么想法、什么盼望，都摸了个清清楚楚。

当时，村民反映最强烈的，就是家里进贼。吕哥说，群众哪里不满意，咱们就在哪里下功夫！我们村大部分人家盖的是二层楼，一楼自己住，二楼搞出租，一个院子里住着好几户。租户们来来往往，也不认真登记。一次，吕哥在核查外来人员信息时，抓获了一个犯罪嫌疑人，在村里引起了轰动。吕哥抓住时机，用案说法。从那以后，大家伙儿都开始按规定登记，到警务室备案了。为挤压犯罪空间，他协调村委会加强巡逻力量，二十多个联防队员分组值班，由他带着连续夜巡，从晚上十一点到第二天早晨

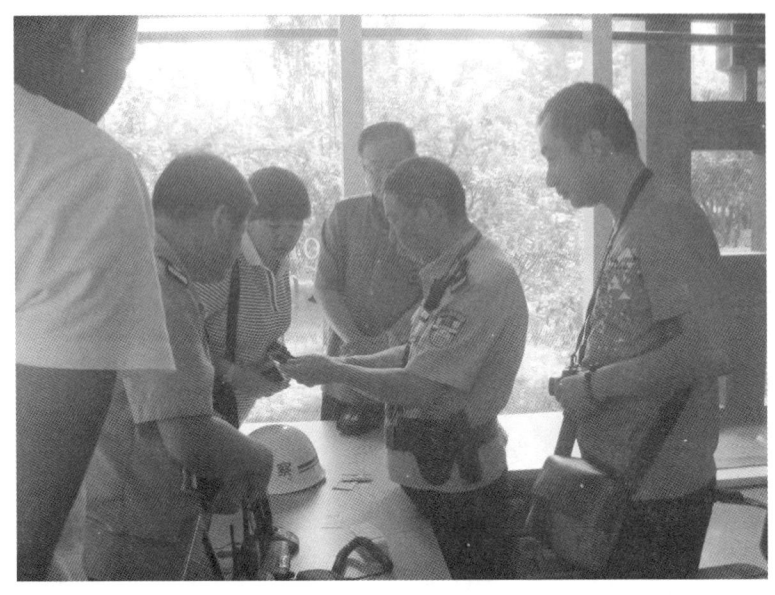

老吕给社区百姓解决问题

五点,转遍所有胡同院落,一晚上不知走多少圈,累得我们小伙子都叫苦连天。还别说,时间不长,留村入室盗窃案件实现了"零发案"。

吕哥常对我们说,抓治安、搞防范,嘴要勤,腿要勤,脑子更要勤。看到人们都用QQ聊天,他就建了留村社区QQ群,天天在群里与大家沟通,听取意见,解答咨询。一个群满了,就开第二个、第三个,先后建了五个QQ群、有1100人。每天晚上十一点,群里的人都会收到他发来的定时提醒:请检查门窗,看关好了没有,确认煤气、电源是否关闭,防火防盗,祝您平安。除了定时提醒,他还根据各地新发案件情况,随时发布预警信息。老头儿老太太不会用QQ，吕哥就骑着电动车，背着小喇叭，专找老年人聚群聊天的地方去播放警情提示。有一次，我问他：你这个警情提示怎么是小女孩儿的声音？他嘿嘿一笑，不好意思地说，我的普通话实在不好，这是让闺女给录的音。

回想起来，吕哥当片警时，没遇到什么惊天动地的大事，经常处理的，是家长里短、邻里纠纷。一年夏天，我们村老高的孙子在菜地里被狗咬伤腿，花了两千块钱。孩子说，狗是老杨家的，但老杨不认账，还大吵了一架，老高扭头就去找吕哥告状。吕哥说，我去看看。他去菜地里找到老杨，老杨一看竟然叫来了警察，火儿更大了，嚷嚷说，"拿出证据来我就赔，没证据，爱上哪儿告上哪儿告去！"吕哥一点儿不急，蹲在菜地里帮着他干活儿。等老杨情绪平静下来，就和他讲法律责任，讲邻里关系，讲村规民俗，直到天黑收工。为这事，前前后后他往老杨家里、菜地里跑了七八次。我们说吕哥，拉倒吧，别管了。吕哥说，那可不行，乡里乡亲的，为这点儿事结下疙瘩，以后不定会出啥事。他接着做工作，到后来，老杨不好意思了，老高也被感动了，这个说，我赔钱；那个说，他家条件不好，不用赔，道个歉就行。最后，老哥俩在吕哥跟前儿，握手言和。

人心就是一杆秤，这样的事多了，老百姓都看得出来，吕警官是真心实意、想尽一切办法为大家好，人们开始打心眼里敬重他、亲近他，对他的称呼也从"吕警官"变成了"吕村长"。

"吕村长"肩膀硬,能担事,心肠也好。小区里有个女住户叫丁忠光,是在福利院长大的孤儿,后来当了工人、成了家。2004年下岗后,一家人全指着她丈夫挣的一千多块钱过日子。为了生计,她在留村市场租了个摊位,卖针头线脑。吕哥走访时告诉丁忠光:"以后有难事,记得找我。"丁忠光半信半疑,以为是警察说的漂亮话。不久,摊位到期了,丁忠光鼓足勇气去找吕哥。吕哥二话不说,给她协调了一个摊位,还减免了一半的费用。后来摆摊不挣钱了,吕哥又给她介绍到网吧做保洁。城市改造时网吧拆除,吕哥再给她介绍新的工作,先后介绍了三次。丁忠光对吕哥感激不尽,她说,自己没有父母,从吕哥那里得到的,就是如同亲人一样的温暖。

2011年,吕哥调到安建桥警务站当主任,但我们有什么事,还是习惯找他商量。今天的留村社区,环境更漂亮,人们生活更好了。虽然吕哥离开了我们,可在留村百姓的心中,他永远是我们至亲至爱的"吕村长"!

谢谢大家!

扫码观看
报告会视频

吕建江同志先进事迹报告会报告词之三

用责任诠释忠诚

石家庄市公安局桥西分局政委　高文华

各位领导、同志们：

大家好！

我是石家庄市公安局桥西分局政委高文华。吕建江是我的战友。他个头儿不高，说话带笑，看上去憨憨厚厚，还有那么一点儿土气。外表普通的他，其实比我们很多人都"潮"。他的"潮"体现在，多年来他把网络作为服务人民群

高文华

众的新阵地，刻苦钻研，深耕细作，成为颇有影响力、号召力的"网上明星警察"。

建江"触网"，是从他当社区民警时开始的。社区警务的一项重要工作是基础信息采集。按照惯例，把底数摸上来就登记造册，放进柜子里备查。他想，要是把这些资料建个数据库，查找起来会更方便、更快捷。设想容易实干难。建江是学医出身，对电脑、网络知识仅仅是初学者的水平。那些日子，他买来专业书一点一点地"啃"，趴在电脑前一步一步地试。白天，走街串巷拍照片；晚上，一条一条录数据，几乎用尽了所有业余时间。半年后，留村社区电子信息库终于建成，同事们看他点几下鼠标，居民、租户信息、街道单位的实景照片、结构布局，一目了然，都竖起了大拇指。不久，建江还运用这个系统，及时查获了一名网上逃犯。

看到科技信息化手段带来的威力，建江想，社区电子信息库是给民警工作提供支撑的，能不能也用信息化手段，为群众办事提供便利？他又开始琢磨建立网上警务室，让群众少跑腿、好办事。经过努力摸索，2009年2月，他创办的河北第一个网上警务室诞生了，内容都是老百姓想了解、需要了解的各种警务信息、办事流程、注意事项。他心细得把用什么纸打印、用什么颜色的墨水填写都写得一清二楚。建江还在网站上公布了自己的手机、QQ等联系方式，承诺24小时开通，随时接受群众的咨询。

把自己晾晒出去，这是他的自信；24小时接听来电的承诺,这是他的担当!从那以后,建江成了群众眼里"不下班的民警",孤寡老人房子漏雨找他,病人半夜去医院打不到车找他,有人遇到网上诈骗也找他,他成了群众遇到困难第一个想到的人。

2010年微博兴起,建江又紧跟潮流,在新浪网开通了实名认证微博"老吕叨叨",搭建了和群众沟通交流的新平台。他用网友喜闻乐见的方式,叨叨治安防范知识,揭露各种谣言骗局,聊聊生活中的酸甜苦辣。打开他的微博,孩子落户准备哪些材料,丢失物品去哪里登记,驾驶证到期怎么换证……网友的问题五花八门,他的回答不厌其烦,深更半夜还在回复咨询。到他去世前,已发表博文一万七千多篇,拥有粉丝近三万名,他连续两届被人民网、新浪网联合授予"全国十佳惠民公职人员",他的微博"老吕叨叨"连续五年被新浪网评为"河北十大公职人员微博"。网友们由衷地称赞说,"老吕叨叨"四个"口",个个都是为民服务的好窗口。

建江时刻把群众的安危冷暖挂在心上。2013年5月4日晚上,他和往常一样,一边吃饭一边刷着微博,突然看到一个网友求助:"从邯郸广平县到石家庄的救护车在308国道上,病人腹痛难忍、几度休克,要转诊到省四院,路怎么走?"他立刻放下饭碗,上网搜索出一条最快捷的行驶路线,连同自己的手机号一起发了过去。接着,又与河北交通广播电台联系,请直播节目主持人空中导航,呼吁沿途车辆避让。考虑到救护车司机路线不熟,他当机立断,安排值班民警开警车前去接应……平常开车需要二十多分钟的路程，救护车只用了五分钟就顺利到达医院，脾脏破裂的病人得以及时救治，脱离了生命危险。病人的女儿给建江打来电话，她哭着说："没有您的帮助，我就见不到爸爸了！"

建江说，我就是一个小民警，做不了惊天动地的大事，但为群众服务是我的长项。看到经常有老人不慎走失，他就和第三方平台合作，推出了可以帮助老人回家的智能"黄手环"，只要用手机扫一下，就可以了解老人的情况、联系到家人。看到有人到警务站找丢失的东西，也有不少捡到东西的人想找失主，他就自费创办了"失物招领网"，几年下来，为群众寻回和发还物品600多件、现金及借款单合计金额200多万元。看到社区里因为停车经常引发矛盾纠纷，他就制作了移车卡，让物业人员免费发放给车主，写上联系电话，方便移车。后来，他又琢磨出第二代智能移车卡，更好地保护了车主的隐私。

建江在派出所工作的七年里，先后帮助辖区300多名群众办理户籍迁移和咨询服务，抓获各类违法犯罪嫌疑人30多名，调解各类纠纷500多起，发布预警信息和收集各类有价值的信息5000多条。在担任警务站主任的六年间，他带领同事们抓获各类违法犯罪嫌疑人200多名，调解各类纠纷1600多起。从警十三年，他从来没有办过一起"关系案"、"人情案"，从来没有出现过一起群众投诉。思想上一尘不染，行动上一身正气，这就是我们的好战友吕建江。

建江走了，但他的精神薪火相传、生生不息。他工作过的警务站已经更名为"吕建江综合警务服务站"，他的微博"老吕叨叨"依然在线。作为战友，我们将以建江同志为榜样，深入践行"对党忠诚、服务人民、执法公正、纪律严明"总要求，不辱使命，奋发有为，为推进新时代中国特色社会主义伟大事业作出新的更大贡献！

谢谢大家！

扫码观看
报告会视频

"时代楷模"吕建江

吕建江同志先进事迹报告会报告词之四

他把生命化作无尽的爱

吕建江同志的妻子 崔利平

各位领导、同志们:

大家好!

我是吕建江的爱人崔利平。我和建江是高中同学,他是班长,为人厚道,学习也好。临近高考,他父亲突然去世,家里没了顶梁柱,就放弃考大学当了兵。我为他惋惜,就写信鼓励他。鸿雁传书,慢慢地我们有了感情。他对我说,我家只

崔利平

有两间小窑洞，将来结了婚，还要照顾娘。我说，不怕，我愿意。

当兵一年后，建江顺利考上了第四军医大学，而我还是个农村姑娘。我既为他高兴，又有点儿不安，写信说：咱俩有差距，要不算了吧。他很坚决地说：你放心，我还是我，我是不会变的！

他的一诺，温暖了我一生。

建江大学毕业第二年，我们在部队结了婚。没有婚纱，没有婚戒，四年来的上百封书信就是我们最珍贵的信物。结婚后的第一个生日，他一早钻进厨房，煮了俩鸡蛋，摆上葱丝，做了个"100"的造型，端到我面前说："老婆，生日快乐，咱俩活到100岁。"我怀孕时，想吃家乡的面条和饺子，他不会做，就一遍一遍学。闺女出生后，他高兴地说，我家有了俩公主！在部队的生活虽然平淡，我们却有着长相厮守的甜蜜和幸福。

2004年，建江脱下军装，当上了警察。为了尽快熟悉业务，他加班加点，经常不着家。闺女搂着他的脖子，最常说的一句话就是：爸爸，我又好几天没见你了。但只要能正点下班，他总要给我打个电话，老婆想吃啥？闺女想吃啥？回到家，抢着下厨房，做我和闺女爱吃的饭菜。每年的结婚纪念日，他都要抽时间陪我吃顿饭。建江疼老婆、亲闺女，孝敬父母，惦记兄弟。那一年，娘患癌症，他常常下了夜班，坐长途车回去照顾。我父亲肺病住院，他给老人洗脚、剪指甲，比我这个当闺女的做得都好。他是我们娘俩儿的依靠，也是我们两个大家庭的主心骨。

建江家境贫寒，可是家教很严。父亲是老党员、村干部，一辈子规矩厚道、与人为善。长辈的言传身教影响了他，我原来没有工作，一直希望他能给我找份工作补贴家用，他给辖区的困难群众介绍过很多次工作，但为我的事就是不肯向别人开口。后来，我才申请到公益岗位。他常对我说，咱比上不足，比下有余。做人要知足，知足才快乐！建江一直很节俭，一件咖色西装，穿了十多年，领子都磨破了也舍不得扔。后来，我在网上花了228块钱给他买了件灰色西装。我对闺女说，这是你爸爸最贵的衣服。建江听了，笑呵呵地拍着身上的警服说，"老婆，这才是最贵的，金不换！"

说实话，从他参加公安工作那天起，看见他每天忙忙碌碌，我最担心的就是他的身体。他在留村工作时，因拆迁引发的矛盾纠纷特别多，工作压力大，有一次，接连几天没有回家，回来换衣服时，说头有点儿晕。一量血压，高压都快200了。我让他赶紧请假去看病，他却说："我就是医生，吃点儿药就行了，再说了，哪有时间？"说着就要出门。我拦在门口不让他走，他安慰我："老婆，我保证按时吃药，行不？"说完，还是走了。我不放心，就给他们所长打电话，所长让建江回家休息，他回来就冲我嚷："我是留村社区民警，留村的事我能不管吗？你别瞎操心！"

那次，是他发脾气最厉害的一次。我埋怨他，更心疼他。每次他加班，无论多晚，我都要守着一盏灯等他，直到他推开门，笑着说："老婆，我回来了。"每次他下了夜班回家，我第一件事就是把他的手机拿过来，让他赶紧吃点儿东西睡觉，有电话我替他接，有事再叫他，他和我开玩笑："我也有秘书了！"

2009年的一天，建江回到家，不好意思地对我说，老婆，我想建一个网上警务室，方便服务群众，要花三千多块钱。看他在厨房里争着干活儿、讨好我的样子，我说，行，我支持你工作。后来，他又花了五千多块钱，创办了失物招领网。这回，我忍不住说他，你就是个普通民警，干好本职工作就行了，弄这些，跟你有啥关系？他说，老婆，可不能这么说，我做这些，就是想让老百姓办事更方便。从那以后，多少次，我半夜醒来，他还在客厅，在网上解答群众的咨询求助……他不分白天黑夜地忙碌，眼睛越来越肿，脸色越来越难看。

2017年11月30日，建江应该下午四点下班，但一直在警务站忙，晚上七点多才回到家，只喝了几口粥，说吃不下、不舒服。我让他早点儿休息，他靠到沙发上又拿起了手机。我催了他几次，不是说回答网友咨询，就是在安排站里的工作，一直到深夜十二点多，他说胸口难受，想上床躺会儿，却怎么也躺不下了。去医院的路上，他突然拉着我的手说：老婆，对不起你啊，我工作压力大，以前回家老冲你发脾气。以后，我不发了。岁数大了，咱俩都好好的……

在医院，他让我找医生打针安定，说就是累了，想睡会儿,睡一会儿就好了!没想到,这一睡就再也没有醒来……

建江,你走了,我和女儿的天塌了。但这些日子,组织上对我们很关心,社会各界群众也纷纷伸出温暖的手,让我感受到了人间大爱。我知道,这都是因为你的辛勤付出,赢得了大家的认可。你是一位好丈夫、好父亲,更是一名好警察!

建江,你安心休息吧,我和女儿会好好生活。她会像你一样,做一个好人,做一个一辈子有益于人民的人!

谢谢大家!

扫码观看
报告会视频

吕建江同志先进事迹报告会报告词之五

民心深处有丰碑

河北广播电视台记者　温丽丽

各位领导、同志们：

大家好！

我是河北广播电视台记者温丽丽。2017年12月1日清晨，吕建江因病去世的消息刷爆了石家庄的微信朋友圈，我更是无比震惊、悲痛不已。就在前一天，他还在微信中回答了我的咨询，转眼间天人永隔。追悼会那天，我高举着他生前的

温丽丽

照片，与上千名群众一起含泪为他送行。

时间是最好的见证者、记录者。认识吕建江是在2010年，那年他开通了河北省第一个民警实名微博，语言风趣幽默，特别有亲和力，很快就成为拥有众多粉丝、颇具影响力的账号。多年来，我持续报道了吕建江的很多故事，山西少女因为抑郁症想要自杀，他通过私信百般开解，从晚上八点聊到零点，直到女孩儿重拾生活的信心；退伍老兵想找失散四十年的战友，他锲而不舍，用了差不多一年的时间，终于帮老兵圆了心愿；暴雪天，他不顾交通瘫痪，深一脚浅一脚地赶到村里，转移出危房中的群众；寒冬夜，他一遍遍地巡逻在小区楼院，用脚板丈量着自己的责任区。一次次渐渐渐入的采访，让我一次次向他发出追问。无论军营还是警营，为什么他始终热爱捍卫平安的职业？无论琐碎还是繁重，为什么他始终把人民群众的平凡小事放在心上？

吕建江参加工作二十八年，从参军、入党、提干到当警察，无论环境如何变化，岗位如何变迁，始终心中有党，不忘党恩。他常说，我一个山区农民的孩子，人生成长的每一步都离不开党组织的培养和关爱，不管在哪里，我都要对得起"党员"这个称号，都要记住警察前面有"人民"这两个字。心中有信仰，脚下就有力量。在崇山峻岭，他以苦为荣，全力保障着官兵的健康；在街镇社区，他夜以继日，忠实守护着群众的平安；在浩瀚网络，他无私奉献，不断温暖着网民的心底。对吕建江来说，忠诚不只是入党时的慷慨宣誓,更不是挂在嘴边的响亮口号,他把忠诚熔铸进灵魂、落实到行动,不断擦亮新时代共产党员对党忠诚的政治底色。

习近平总书记说过,群众利益无小事,柴米油盐等问题对群众来说就是大事。把人民放在心中最高的位置,这是我们党铿锵的誓言,更是坚定的行动。在吕建江那里,只要是群众的事,就是他自己的大事,他把人民群众的安危冷暖时刻挂在心上,不论片内片外,不管上班下班,都尽心竭力地为群众解难事、做好事、办实事。留村社区实现长治久安,丁忠光、刘老四等困难群众的生活有了着落,他成为大家心中的"吕村长";安建桥警务站辖区矛盾有效化解、社会治安平稳、人民群众满意,警务站成为河北省公安系统的一面旗帜。"人民"二字在吕建江那里被无限放大,而他的生命却永远定格在了47岁。他以生命书写了对人民的热爱,也让共产党员一心为民的形象在人民群众的心中熠熠生辉。

吕建江始终在一线工作,是个普通的基层干部,但面对信息化时代如何"走好网络群众路线"的重大命题,他敢于担当责任,勇于直面矛盾,积极运用科技手段创新方式方法,把网上群众工作做得风生水起。从网上警务室到失物招领网,从防老人走失"黄手环"到代码移车卡,从实名微博到实名微信公众号,他始终敢为人先,挺立潮头。他把办公桌搬到网络上,把群众工作从"面对面"拓展到"键对键",把为民服务的触角从责任片区延伸到了千家万户，很多人从中受益，群众赞誉他是"网上雷锋"、"新时代的马天民"。吕建江说："群众在哪里，我的工作就延伸到哪里；群众有什么需要，我就推出什么服务。网上服务群众，我永远在路上！"他的坚持告诉我们，身为共产党员，无论岗位多么普通，工作多么平凡，只要有责无旁贷的担当精神，改革创新的过硬本领，锐意进取的精神风貌，就能发挥先锋模范作用，就能创造出无愧于时代的光辉业绩。

吕建江把名利看得很淡，把共产党员的操守看得很重，他不为私心所扰，不为名利所累，不为物欲所惑，甘守清贫，不计得失，始终保持了清正廉洁的优良作风。他的家里并不宽裕，一家三口挤住在两间小屋子里，生活非常简朴，他身上的衣服来回就那么两件，背包破了拿胶水粘粘，手机壳裂了还舍不得换。生活虽然清苦，但不能动摇吕建江对底线的坚守。他始终坚持严格规范公正文明执法，不办"关系案"、"人情案"，让人民群众切实感受到了公平和正义。有人想借他的微博影响力植入广告，他始终不为所动，决不让清正廉洁的党员形象受到一丝的损害。创新网络服务的开销很大，单位要给他报销费用，但他坚持自掏腰包。我问他，你这样做是为什么？他说"干干净净做人，心里最踏实"。捧着一颗心来，不带半根草去，吕建江的高尚品格不仅被各级媒体广为报道，更为人民群众广泛传颂。

礼赞时代楷模，学习时代楷模，既是致敬，更是传承。吕建江虽然走了，他的精神已化作时代的脉动、前进的力量,成为每一名共产党员担当使命、书写答卷的精神坐标。我们呼唤着千千万万个像吕建江一样的共产党员,不忘初心,牢记使命,始终与人民同呼吸、共命运、心连心,永远把人民对美好生活的向往作为奋斗目标,以永不懈怠的精神状态和一往无前的奋斗姿态,将实干进行到底,共同书写新时代中国特色社会主义事业的壮美答卷。

谢谢大家!

扫码观看
报告会视频

"时代楷模"吕建江

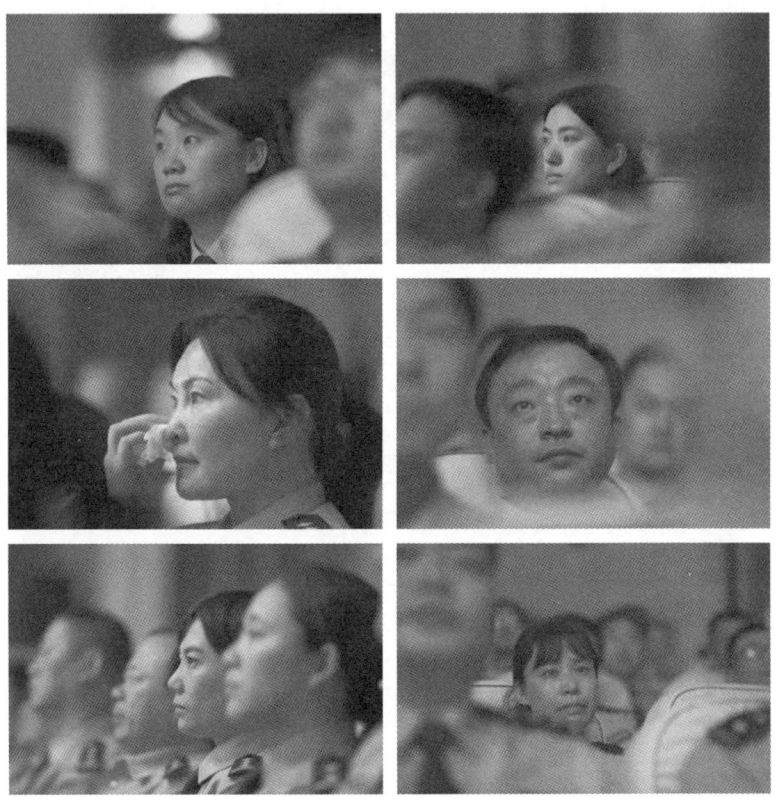

聆听吕建江同志先进事迹报告会的观众无不为之感动

报告文学·诗歌

坚 持

杨辉素

山积而高,泽积而长。

高山伟岸耸峙,江河浩荡绵长。凡被人仰视或赞叹者皆始于积累,积累,是一种坚持,虽予境万千苦难不改其志。

自然界如此,人也一样,当一个人选择了坚持,他就有了山的伟岸,水的浩荡,生命的力量深沉无垠。

吕建江,就是这样一个始终在坚持的人。群众形容他是二十四小时不下班的好民警,他用从警以来日日夜夜永不停息的坚持,书写了一个民警生命的山高水长,温润情怀。

他做了数不清的好事,有的人们知道,更多的人们不知道。

他的同事说,老吕,带走了太多的秘密。

随着越来越多的受助者赶来述说"秘密",老吕的"秘密"正被逐渐打开,它为人们呈现了一片广阔的坚持的世界。

吕建江,河北省石家庄市公安局安建桥警务站主任。

2017年12月1日,吕建江因长期的积劳成疾,突发心脏病去世,终年47岁。

他是大山的儿子,是党和国家培养的军人,他把理想信念装在心中,云卷云舒中就有了笃定的力量——这是他对理想的坚持!

太行山重峦叠嶂,云水苍苍。

在山之深处,渺小一隅,有一个小小的山村——河北省井陉县南障城镇支沙口村。二十世纪八十年代,小山村蛰伏在太行山脉的缝隙中,交通不便,小山村仿佛是被岁月河床遗忘的孤独石子。

读书,是山里孩子走向外界的唯一方式。吕建江每天背着书包从家走向学校,山路坎坎坷坷,他求学的热望从未衰减。从小学到高中,他的成绩都是班里最好的。他当班长,为班里搞服务,热天在地面洒了清水,清凌凌的湿气让人惬意;冷天在室内生起了火炉,红彤彤的炉火暖意融融。他小小的身影默默做着一切,妥妥帖帖,从不张扬。

他比同龄孩子表现出了更多的成熟、可靠、稳妥,这源于中国那句俗话"穷人的孩子早当家"。

他家里有五口人,三个孩子中他行二,上有一个患有股骨头坏死的哥哥,下有一个老实巴交的弟弟,一家五口就挤在两间破窑洞里。高二时,父亲患病离世,让这个家雪上加霜。以他的成绩,本可以考上一所不错的大学,但为了减轻家庭负担,他选择了去当兵。

军装穿在身上那一刻起,他发誓要做一名好兵,一辈子不给军人抹黑!

战友们说,他训练特别能吃苦,是他们的榜样;部队领导们说,他眼里永远"有活儿",走到哪儿干到哪儿,是棵好苗子。

他一有时间就捧起书本学习,当兵第二年,就以优异的成绩考上了中国人民解放军第四军医大学。鲤鱼跳了龙门,他终于走出了大山,他可以在城市里结婚生子,前景美好可期。

然而他偏偏那么"傻",考上大学的第一件事,就是向一直和自己书信往来的女同学崔利平表白。

她也是山里女孩儿,是他的高中同学。吕建江参军后两人鸿雁传书,早已情愫暗生。实习医院里的美丽女护士对他主动追求,他不为所动,还拿出崔利平的照片给人看。在很多人的摇头中,他就是认准了自己的选择,这一生要和她一起走。

山无棱,天地合,乃敢与君绝。

一个在都市上大学,一个在大山里望眼欲穿。电话尚不发达,只能靠书信联系。但一对年轻人的爱情历经时间和距离的考验,终于开花结果。

他军校毕业后，分配到潼关一个山沟里，山高林密，部队上的卫生所坐落在山下，部队在山上。军人、家属和小孩儿下山看病非常不方便，他就每天背上诊箱徒步走到山上去巡诊。

工作一年后他们结婚了，没有钱操办婚礼，连请大家吃饭的钱都是战友们给凑的，但一对新人却无比知足。

婚后她第一次过生日，他买不起生日蛋糕，却也给了她一个惊喜。那天他端着一个盘子从厨房里走出来，盘子里放着两个煮熟的鸡蛋，鸡蛋的左侧，摆放了一根葱丝，形成数字"100"，在"100"下面，他用切得非常细的葱丝拼成了"生日快乐"四个字。

他说："老婆，祝你生日快乐！我们俩要在一起过100年，每一天都快乐！"

她幸福得满脸绯红，如山路边娇艳的花朵。

谁说憨厚朴实的人不具有浪漫情怀？他智商、情商都非常高。

婚后，崔利平没有工作，只凭他一个人的工资养活妻子和女儿，还要把一大部分钱拿出来照顾老人，可他从未后悔过。

他们在这深山大沟里生活了十年。那时的他，白天行走在军营里做医生，夜里捧着厚厚的医书钻研到深夜。窗外，高远天幕上的星星明亮闪烁，床边，妻女已在梦中发出甜熟的呼吸声。他看一眼她们，幸福和知足像春水般荡漾着。

他把清苦寂寞的生活过得有滋有味，因为他心中对物质和名利没有一丝要求。他更坚守着一个军人的职责，兢兢业业，心中是大地般坦荡无私的情怀。

山伟岸，山宁静执着。

穿上军装，他懂得"听党指挥，能打胜仗"；脱下军装，他更懂得"党在心中，要有钉钉子的精神，一锤接着一锤敲"——这是他对行动的坚持！

2004年，吕建江从部队转业回到石家庄，成为了留村社区的一名民警。

从医生到民警，这两种职业的跨度非常大，放弃热爱和精通的老本行，去从事一份并不熟悉的工作，搁谁身上谁能不纠结、痛苦、抱怨呢？

他的确也纠结痛苦过，但从无抱怨，因为他深记着军人的职责："听党指挥，能打胜仗"，既然组织上这么安排了，他就要在新的领域打赢一场新的胜仗！

吕建江在极短的时间内转换了角色，成为一名称职又投入的民警，诠释了什么叫干一行、爱一行。

他所管辖的留村是一个城中村，位于四县区搭界处，本村人口两三千人，外来人口一万多人，人口流动性强，治安相比其他地方可谓混乱。换了几任民警，都头疼不已。

吕建江刚去，现实就给了他个下马威。

他是个性格内向的人，嘴笨，一张嘴不是被村民们嘲笑就是被怼回去，他甚至被村民骂哭过。

他不想做个"孬警察",他要改变性格、改变工作方式。

常言说,江山易改,禀性难移,要改变性格何其艰难!

可他硬是把自己从阳刚少言的性格,磨炼成一副婆婆妈妈的性格,说一句不行,他就不停地说。

他还在帆布包里装了四样东西:听诊器、测压计、照相机、笔记本。他到村里给这个量量,给那个听听,讲点儿疾病防治知识,还给村民免费拍照,把村民的诉求记在笔记本上。

渐渐地,村民都喜欢上了这个个子不高,眼睛小小,憨态可掬的民警。

家里有人生病了,找他;孤寡老人房子漏了,找他;居民煤气中毒,找他……大伙儿不再叫他"吕警官",都改叫他"吕村长"了。村干部说,"吕村长"的威信比我们都高。

他的战友乔民说,吕建江的性格改变太大了,我们都太心疼他了,他三句话不离本行,一个人究竟达到什么样的境界才能做到这样?

天下之事,虑之贵详,行之贵力。

……

他像一颗小太阳,不停地发出光和热,给人以温暖,给人以帮助。

他又像一个陀螺,不停地转,不停地忙,忙得顾不得家,顾不得他自己。

妻子心疼他，女儿劝爸爸不要太累了，他非但不听，还"没事找事"，又给自己增加额外的工作量。

他要成立河北省首个网上警务站——留村社区网上警务室，实现网上办公，方便群众。

他竟然花三千多元自费买了一台电脑，又买了电脑书籍，每天抱着厚厚的书本啃到深夜……

网站建起来了，要运营需要买域名，还要维护费，他又投入五千元。

那时，他一个月工资不到三千元，一下子就拿出两三个月的工资。而他家里正窘迫，新买的一套两居室的小产权房还欠着一屁股外债，妻子没有收入，女儿上学要花钱……

村干部李振杰对他说，你打个报告吧，我让村里给你报销。

他说，不用。

他在留村工作了六年，没在村里报销过一分钱，没在村里吃过一次"公款餐"。

这就是他，没有山的伟岸，却行得山样堂堂正正；没有海的浩瀚，却做得水样清清白白！

他说过："警察前边还有两个字——人民，干警察的就得在心中想着人民群众，警徽在头上，党徽在心里。"——这是他对信仰的坚持！

利民之事，丝发必兴；厉民之事，毫末必去。

2011年，一场警务改革在石家庄悄然启动。几乎在一夜间，石家庄市民突然发现街头矗立起了一座座玻璃房子。深灰色的钢架结构，透亮亮的玻璃窗，白色的大字书写着××综合警务服务站——是的，这是经市委、市政府广泛论证后，在全市创建的110座综合警务服务站。

110座，多么具有象征意义的数字！它们矗立在街头拐角，将市区划分为110个网格，繁华的城市多了风景，多了眼睛。

有人盛赞它是"群众家门口的派出所，永不打烊的服务站"。

当一个城市把人民的事情装在心中，这个城市的人民怎会不感到幸福？事实确实如此，石家庄这座城市七次入选全国幸福之城，不能不说有110座综合警务服务站的一份功劳，更是全市2640名民警和警务辅助人员的一份功劳。

吕建江，是这其中的优秀代表。

这年的9月9日，吕建江成为安建桥综合警务服务站主任。

吕建江更忙了。他八小时工作像压缩的饼干，没有一丝一毫的空隙。

八小时之外呢？这时间应该属于个人，属于家庭，属于兴趣爱好，属于幸福人生，可是吕建江根本没有八小时之外的空闲，他把所有的时间都给了工作，给了群众，给了他内心的坚持！

他像一匹马，给自己压了一个又一个担子，他在不停地负重前行……他开创了多个河北警方第一：

第一个"网上警务室"；第一个"实名微博"；第一个"失物招领网"；第一个能够保护车主信息的"代码移车卡"；第一个"实名微信公众号"。

他成了"网络大V"，这回，他又被网友亲切地称为"老吕"、"老吕叨叨"。

担任安建桥警务站主任的六年时间里，老吕和同事们抓获犯罪嫌疑人220多名，调解纠纷1600多起，为群众找回和发还物品600多件、现金及借款单合计金额200余万元。

2013年5月4日晚上，老吕和往常一样，边吃饭边刷微博，突然看到一个网友发来的微博求助：一辆从邯郸广平县开出的救护车正在308国道上，车上病人腹痛难忍、几度休克，要转诊到省四院，询问路怎么走？他顾不上吃饭，给对方连发好几条私信："多大年龄？""内伤还是外伤？"……紧接着迅速从网上搜索出一条最快捷的行驶路线，连同自己的手机号一起发了过去。随后，他又与电台联系，请主持人空中导航。

病人家属又给他发来短信："到栾城了，病情不见好转，能不能用警车带个道？"老吕立即回复："你可急死我了，办了。"他立即安排值班民警驾警车前去迎接，并嘱咐："为了抢时间，在确保安全的情况下可以鸣警笛。"

当疾驰的救护车到达市区南二环，远远地看到闪烁的警灯和夜色中等待的人民警察时，病人家属热泪奔涌而出。

在老吕的协调下，这段正常行驶需要二十多分钟的路程，仅仅用了五分钟！

"为人民服务，就得永远保持在线。"这是老吕常和同事们叨叨的一句话。

他是医生出身，当然知道过度疲劳是在透支生命，他在 2017 年 11 月 10 日上午十点，发过这样一条微博：

又闻同行猝死，49 岁，惋惜！5＋2、白加黑的工作状态谁愿意？可罪犯不会朝九晚五活动，案子不允许超期，在朋友圈每天看到养生的文章，什么"凌晨一点不睡是不要命"、什么"熬夜是慢性自杀"，有多少民警晚上不想睡？有篇文章说"每天说不想活了，每天仍拼命地工作"，确实是这么回事，这是在拿生命工作。继续巡逻……

他知道怎么保证健康，可他依然在继续工作。他无法预知，仅仅在二十天后，他也步了战友后尘……一样因为积劳成疾，生命戛然而止！

他没有留下一句话，但他留下了不朽的精神；他两袖清风，但他留下了宝贵的财富，那是群众的口碑，是永恒的纪念——这是他对人生价值的坚持！

2017 年 11 月 30 日，天气晴好，湛蓝的天上有几丝淡淡的白云，一切都毫无预兆。那天，他晚上六点多才到家。妻子熬的玉米粥，他只吃了几口。妻子问他，怎么吃这么少？

他饭量大，不管什么饭，他都能呼噜呼噜吃一大碗。今天他很反常。他说，我有点儿不舒服，便去沙发上躺着，但手机还不离手,在网上给群众答疑解惑。晚上十一点多了,他还在安排工作。妻子看了他一眼,不忍打断他。十二点多了,妻子又催他,怎么还不睡?他说你以为我是在玩儿啊,我是在看巡逻车到哪儿了。他的手机上有定位,可以监督工作。

这就是他,前一秒还在工作,后一秒已经躺在了医院的病床上。他说,腿麻,好像穿着棉裤。妻子就给他揉腿,揉脚。她摸到他脚上又厚又硬的老茧。妻子哭了,她不知道,这得走多少路才能磨成这样啊!

她去给他拿药,等拿药回来,他已经昏迷了,没有给她留下一句话,再也没有醒来……

这天早晨,阳光如往日般晴好。安建桥综合警务站旁边的加油站总经理倪振兴和往常一样早早起床,他向警务站的方向望了一眼,往日这个时候,老吕已经拿着扫帚在打扫卫生了,可是今天,倪振兴没有看到他。他想,也许他倒班。

上午,警务站的侯龙给他打电话:"吕主任走了。"

他说:"哦,走了?去哪儿了?"他以为他只是出了远门。

"他去世了。"侯龙哽咽着说。

"怎么可能?昨天他还好好的!"倪振兴落泪了。

是呀,怎么可能?作为老邻居,老吕每天都要来他这儿转转,昨天加油站升级改造,他还进来叮嘱安全问题,倪振兴还记得他穿着警服站在那里说话的样子,怎么这么快就出事了呢？

加油站所有员工都哭了，他们太知道他有多好了。

按规定，加油站里不允许零售散装汽油，可总有一些汽车汽油耗尽误在半路。吕建江想出一个办法，用加油站的专用油桶灌了油，由民警亲自送到车上，完了再把油桶还回来。既解决了群众实际困难，又确保了打散油不出安全事故。没有谁规定他必须这样做，只要群众方便，他从来不怕麻烦。

在某医院做护工的丁忠光至今还记得吕哥出事前三天还给她打电话，问她工作怎么样，叮嘱她要保重身体。从在留村开始，他就一直在帮助她，先后给她找了三份工作，在她生活最困难的时候，他一次次拿出钱来帮她渡过难关。她一直想请他吃一顿饭，说了几次他都不吃。

他去世了，她第一次去他家，看到他家徒四壁，连放遗像的地方也没有，遗像只能放在老旧的冰箱顶上，她更是失声痛哭："我要是知道吕哥日子这么艰难，我说什么也不能要他的钱啊……"

但是最伤心的，莫过于他的妻子和女儿。

他是她们的一家之主，是顶梁柱，只要他在家，就把妻子和女儿宠成了公主，给她们做好吃的，家务活儿他全包了。如今，生死两茫茫……

妻子说，他这一生对谁都大方，对谁都好，唯有对自己苛刻。夏天，他连一块钱的水都舍不得买，他的书包坏了用"502"粘粘，他的鞋底磨透了，去找修鞋的钉一块……他去了,妻子说,老公,到那边别再那么节省了……

2017年12月3日,吕建江的追悼会在石家庄市殡仪馆举行。

多少相识的、不相识的,本地的、外地的群众自发赶来,都来送他一程。

追悼会现场,哀乐低回。一千五百多人恸哭一片。年轻人举着条幅,叫着:"吕叔,一路走好!""吕哥,一路走好!"

一位山西姑娘,更是泣不成声。她是连夜从山西赶来的,吕叔救过她的命。三年前的一天,这位姑娘通过新浪微博私信咨询吕叔"怎么自杀救不活",吕叔在私信里劝了她五个多小时,直到女孩儿放弃了轻生念头。两人约定,到石家庄吕叔请女孩儿吃饭,没想到第一次见面竟是永诀!

……

太多太多的人,都得到过老吕的帮助,这从警务站里那厚厚的留言本中就可以看到。

他的妻子在微博中写道:

老吕,你生前把那么多爱的种子散播给那些个素昧平生的陌生人,你像守护我们一样无私地守护着他们。如今,你离开后,他们敬仰你怀念你的同时,还把爱回馈给我们——你的爱人和女儿,那么多的安慰试着温暖我们,那么多的援手试着挽起我们……

这个冬天,一座城市因为一个人而感动,他像一道光,

2017 年 12 月 3 日，群众自发来到追悼会现场为吕建江送行

自发赶来送别好警察吕建江的群众

照亮了城市，温暖了城市，城市因他而幸福美好！

老吕，安建桥综合警务站以你的名字命名了。

老吕，你的微博又开始更新了，你的公众号又开始发送了，你原来做过的一切都有人继续在做，你没有做过的，也有人去做……

你在坚持，我们在坚持，大家在坚持，这是一场接力，生生不息，无穷无尽！坚持，是社会涌动的温暖的力量！

（原载《光明日报》2018年3月30日）

"老吕叨叨"永远在线

陈 晨

在这一天来临之前,你总是给人一个错觉——你的一天有三十个小时,你的一小时有一百分钟,你的时间仿佛可以无限延展。

每天,网上网下有多少繁杂而琐碎的事情迎面而来,你兵来将挡、水来土掩,每个问题都想方设法妥善解决。上班时,你带着民警"四班三运转"守在岗位上;回家了,你还在微博、微信上长期在线,随时为需要咨询救助的人提供帮助。不管是清晨,还是半夜,只要有人求助、咨询,你总是第一时间给予回应,或者立即给予解决,或者答应问清情况后给予反馈。在群众眼里,你仿佛永远都不下班,永远都在线,你的心宽广辽阔得没有边际,可以容纳无穷无尽的凡人小事,可以涵盖网上网下两个世界,可以延展上班下班所有的时间。

这一天来临之前，你一直没有想过，其实，你的时间长度与别人的一样长，那看似多出来的时间，是你用休息换来的，是你向深夜和清晨借来的，是你无意识中用健康抵押来的。你从来不曾计算过，你的时间从何处来，又因何而去。你把换来的时间，大方地给了工作，无偿地给了成千上万相识的或不相识的人。

在这一天来临之前，你大概以为，自己的一生会有一百年那么长。这个纷繁的人世，有你爱的妻子和女儿，有你爱的工作，有你无数的牵挂。你要用一百年好好爱你的亲人，爱你的事业。你读过军医大学，做过医生，有丰富的医学知识，懂得治病救人和自我保健，你以为死亡离你很遥远。

但这一天还是猝不及防地来临了。

2017年11月30日晚上七点，你拖着疲惫的双脚回到家里。妻子像往常一样，麻利地为你端来玉米粥。你勉强吃了几口，就停下了筷子。妻子诧异地问道："今天怎么吃这么少？"

你说："我有点儿不舒服，先躺会儿。"人在沙发上躺着，却并没有休息，眼睛一直盯着手机。手机连着网络，连着工作，连着无数相识的和不相识的人，连着无穷无尽的困难和疑惑。

你的身体需要休息，向你发出了静养的信号。但你的头脑只听从习惯的召唤。是的，你习惯了，只要手机上有求助的信号亮起，你就会在第一时间给予响应和回复。

十二点多了，妻子催你睡觉。你盯着手机，说："我在看巡逻车到哪儿了。"

躺了五个小时，疲劳并没有丝毫缓解，你身体里的血像冻住了一般，麻木的感觉从脚底慢慢地向上蔓延。

你对妻子说："腿麻，像穿了棉裤。"

妻子过来给你揉腿、揉脚。揉着揉着，妻子的眼泪掉了下来，她摸到了你脚上又厚又硬的老茧，这得走多少路才会磨成这样啊！

凌晨两点时，妻子看你脸色越来越难看，赶紧陪着你去医院。

到了医院，你感觉到身体内部兵荒马乱，眩晕、恶心、麻木、疼痛……一阵阵难受的感觉轮翻上阵，让你愈来愈无法抵挡。你让妻子去找医生，给你打一针安定，说好好睡上一觉就能很快恢复过来。

药水缓缓地注入你的身体，你身体里的各种不适被强行镇压下来。你的呼吸开始平稳，你渴望了好几个小时的好睡眠似乎马上就要实现。

本以为可以靠睡眠安抚极度疲惫的身体，本以为积蓄力量后，就能战胜猝然而至的病魔，却不曾料到，这一睡，就再也没有醒来。

在你即将闭上眼睛的一瞬间，你明显感觉到，身体里的血已不受管束；你分明地看到，死神已等在门外，你的生命已经开始倒计时。我相信，在你即将昏睡前的那一刻，头脑无比清醒，你深知合上眼睛，就是永远地关上了与这个世界的联系。这一刻，你多么希望时间停止；这一刻，你对人世是那么地留恋。

在你昏睡前的最后一秒，你睁大眼睛最后看了妻子一眼，你是多么不忍心丢下她一个人啊。你的妻子崔利平与你是高中同学，自从她的倩影第一次映入你的眼中，你就认定她就是你此生的伴侣。即便你走出大山成了军人，后来又成了第四军医大学的大学生，你都不曾有过移情别恋的念头。你和她，是肩并肩生长在太行山上的两棵树，枝与枝相连，叶与叶相牵，每天一起迎接第一缕朝霞，一起送走每一个深夜。她和女儿，是你一生的依恋，是你的公主，是你掌心里的宝，只要你在家，你都要变着法儿为她们做好吃的，舍不得让妻子累着，舍不得让女儿饿着。你承诺过要爱妻子一百年，你还要看着心爱的女儿考研、成家、立业，你又怎么忍心撒手西去，让妻子和女儿从此没有了依靠？

在你昏睡前的最后一秒，你的手指依然紧紧攥着手机，舍不得放手。这个普通的手机，陪着你度过了一个又一个日夜晨昏，它是你忠实的工作伙伴，是你的耳朵和眼睛，是你与社区居民和网民联系的媒介。你是运用互联网开展群众工作的先行者，群众有什么需要，你就推出什么服务；群众的诉求在哪里，你服务的触角就延伸到哪里。你创办了河北省第一个社区网上警务室；你创建了第一个公益失物招领网，帮助群众找回物品600多件、现金和借款单合计金额210多万元；你是河北省公安队伍中最早开通实名认证微博的民警，是河北公安系统在网上最有影响力的民警之一；你创办了河北省第一个能够保护车主信息的"代码移车卡",以及河北省公安民警第一个"实名微信公众号"。这些,都在你的网络里,也都在你的手机里。外出的时候,躺下休息的时候,你都能通过手机链接网络,在网上宣传法律、发布预警、教给大家防范知识,也主动"接活儿",回答群众咨询,帮网友解决问题。你是隐身在网络世界里的英雄,仿佛无所不知,无所不能,你是网络上有求必应、不厌其烦的微博大V"老吕叨叨",你是多少网友的百事通和主心骨,你又怎么忍心让那些迫切需要帮助的群众得不到你的回应?

  在你昏睡前的最后一秒,你转了转头,努力地朝着安建桥警务站的方向张望。从2011年你调到安建桥综合警务站当主任,你就把这里当成你的自留地、你的责任田,深耕细作,精心管理。你深知,石家庄市的110座综合警务服务站,是公安机关新时期回应人民新期盼新要求的重要举措,是人民警察服务群众的重要窗口,你的工作好坏,直接关系到人民群众的安全感和满意度。每天,走进警务站,看到阳光从透亮的玻璃窗里照进来,看到前来办事的人民群众匆忙而来,满意而去,听到群众把警务站称为"群众家门口的派出所,永不打烊的服务站",你都由衷地为自己的工作岗位自豪。在你的带领下,安建桥警务站六年来抓获各类刑事犯罪嫌疑人220余名,调解纠纷1600余起,连续多年被石家庄市公安局评为"全市优秀公安基层单位"和"五星级警务站"。你个人也于2017年5月被公安部授予"全国优秀人民警察"称号。在这个警务站,你工作了六年多，付出了大量心血，你整个身心都在爱着你的事业，你又怎么舍得离去？

在你昏睡前的最后一秒，你的脑海里闪过留村的居民小区。石家庄市公安局桥西分局汇通派出所下辖的留村，是你从部队转业后到任的第一个社区民警岗位。你至今依然清晰地记得，自己刚刚担任社区民警时的束手无策。为了尽快适应工作，你向有经验的民警虚心讨教工作方法，每天带着听诊器、血压计、照相机、笔记本，走街串巷，一边为群众服务，一边掌握辖区治安情况，进行安全防范宣传。你用脚板来回丈量辖区的大街小巷，用热忱融解人与人间的隔阂冷漠，用微笑关怀亟需帮助的困难者与无助者，用真诚赢得人民群众的衷心爱戴。你是群众眼里笑容可掬的"吕村长"、"吕哥"，留村小学校里孩子们眼中可亲可敬的"吕校长"，群众视你为亲人，你又怎么舍得离他们而去？

在你昏睡前的最后一秒，你的意识飞过崇山峻岭，回到层峦叠嶂的太行山深处，回到河北省井陉县南障城镇支沙口村。那里，是你的出生地和成长地。太行山巍峋而巍峨，赋予你顶天立地的男儿气概，赋予你广博而宽阔的胸怀，赋予你艰苦朴素的作风，赋予你刻苦好学的进取精神。你的祖父、祖母、父亲、叔叔和哥哥都是共产党员，家族的血脉里传承着正直善良、嫉恶如仇的禀性，也传承着共产党人的初心。你读高二那年父亲离世，家境贫寒，深知底层群众的艰辛与不易，因此常常心怀悲悯，善待百姓，只要自己有一分光与热，就想百分之百地传递给需要的人。

那一份根植在内心的仁爱之心，是你后来所有闪光点的源头。你是大山里走出来的军人、大学生和人民警察，是党和政府的关心、组织的精心培养，才让你逆境成才、茁壮成长，如今正是你服务社会、建功立业的大好年华，你又怎么舍得离开这个世界？

在你昏睡前的最后一秒，你朝着这个深爱着的人世看了最后一眼，缓缓地闭上了眼睛……

尽管医院全力抢救，仍然没有留住你的生命。2017年12月1日上午7时40分，医院宣布医治无效，判断猝死原因为主动脉夹层破裂。

如恒星一般殒落，如山岳一般倒塌，你47岁的生命戛然而止。

这一天，天气晴好，石家庄市上空却是愁云锁城，燕赵大地悲声一片。人们不相信这样一位好民警突然离世的消息，很多人跑到安建桥警务站去验证消息，他们多么希望这只是一个谣言，多么希望你还能生龙活虎地回到大家的视线里。还有很多人打开微博，渴望你与大家一起互动，继续唠唠叨叨地跟大家聊聊警情通报，聊聊治安防范，或者聊聊保健常识。然而，你的微博却停留在2017年11月30日，一直没有更新，一天，两天，三天……

声声唠叨，犹在耳边；憨憨笑脸，还在眼前；音容宛在，却是阴阳两隔，怎不叫人肝肠寸断？

你离世后，一千五百多名亲友、同事和群众冒着严寒，到殡仪馆为你送行。在追悼会现场，你的妻子，一遍遍叫着你的名字,一遍遍说着"建江,你终于可以好好休息了",痛不欲生,几度昏厥;那个你花了四个多小时苦口婆心把她从死亡线上拉回来的女孩儿,深恨自己为什么不早一点儿来看你,喊着"吕叔叔,你醒来",号啕大哭;那些与你并肩战斗过的战友们,声声唤着"老吕"、"吕哥",泣不成声;那些受到过你帮助的群众争相讲述着你的善举,痛哭流涕。上千名市民自发地来到你生前工作的警务站献花悼念,数万网友向你留言致敬……情到浓时爱相随,民心深处树丰碑。

你走了,但你仍然活在你的战友中间,活在网络里,活在人民群众的心里。2017年12月5日,你逝世后的第五天,你生前工作的安建桥警务站正式更名为"吕建江综合

2017年12月5日,安建桥警务站更名为"吕建江综合警务服务站"

警务服务站","吕建江"三个大字高高挂起,在阳光下熠熠生辉。这三个大字,是品牌,也是警务站代表你向人民群众作出的庄严承诺。你的同事王永辉接过你的接力棒,成为你的继任者,每周一清晨,他都会带领战友们,在警务站门前列队点名,第一个点到的还是你的名字:"吕建江!""到!"全体战友齐刷刷响亮地应答。每一个战友都是你,每一个战友都是"吕建江",你从未离开。你的微博"老吕叨叨"也在2018年1月1日重新更新了,很多粉丝到你的微博上留言、互动,就像你从来不曾离开,就像你只是舒舒服服睡了一个长长的觉,一觉醒来又精神饱满地开始了你的"叨叨"。

你走了,但你为公安战线的战友们树立了新时代的标杆。全国的公安民警,都以你为榜样,掀起了向你学习的热潮,学习你对党忠诚、服务人民、执法公正、纪律严明的优良作风,学习你扎根基层,在平凡的岗位上创造非凡的业绩,学习你高尚的精神和情怀。

你走了,但你唤醒了许多人心中爱的暖流,唤起了社会的正气,树立了人民群众对建设风清气正社会环境的决心和信心。某大学一个寝室的五个男生,受你的精神感召,一起从警,立志做像你一样的人民警察。不久的将来,他们都会成为像你一样的"叨叨"警察。

你走了,但你留下的感动在延续,温暖在接力,千千万万个"老吕"在不断涌现,你的"老吕叨叨"永远在线⋯⋯

四月,我走进了春天的内心
(组诗)

苏雨景

访吕建江故居

在太行山下的支沙口村
高大的苦楝树上挂着几枚风干的浆果
四月的风一吹,就宿命地往下落
那些紫燕去了哪里
不复在梁间做巢,石隙间
紫花地丁若无其事地盛开
仿佛一切都未曾发生

这空荡荡的院落
让我怀想当年的吕建江

那个被大山领养的孩子
怀想他穿越那些山路需要多少勇气
怀想他构筑起山一样的品格
需要多少灵魂的石头

走进春天的内心

你，把岩浆默默藏在体内
仅凭这一点，你这块太行山滋养的石头
就比招摇过市的人们深刻

你表达炽热的方式有多种
从军营到警营，从留村到安建桥
你终生都在不厌其烦地重复着那些细节
并借助那些细节，传递着自己的温度

直到你离开，人们在你的身后翻阅你
竟然有这么多人泪流不止
不是因为悲伤，而是因为走进了春天的内心

朴素

浮华之中
你是一个以朴素见长的人

因为朴素，你才会在茫茫人海中
制造出不一样的风景
因为朴素，你才能心无旁骛
在并不肥美的土壤里种出春天

因为朴素，你才会夜以继日
向着终点进发
因为朴素，你才能在负重之后
有了轻灵之美

因为朴素，你才会义无反顾地爱着
内心丰盈，光阴安详
因为朴素，你才能抵达生命的极致
弦歌不辍，虽死而犹生

"请多给我几枚党徽"

你终于向组织伸了一次手
索要了几枚党徽，你想让它们
分属于春夏秋冬四套警服，你把它们
小心翼翼地别在警号007798的正上方
仿佛这小小的党徽
让你有了大地的坚实，天空的辽阔

春天，你蹲守了一个又一个长夜
那枚党徽，就是赋予你力量的正义之光
夏天，你搀扶起高架桥下的拾荒老人
那枚党徽，就是大雨也浇不灭的希望
秋天，你站在留村小学门前的路口
那枚党徽，就是照亮孩子归途的灯塔
冬天，你跋涉在寒风中
那枚党徽，就是温暖被大雪围困人们的炉火

就是这枚小小的党徽啊
它让你成为了你自己
让你一步步走进了缓缓打开的人心
也让你成为了透明的琥珀，永远的星辰

一部大书

是的，安建桥只是城市的一角
但却是你爱的全部，情怀的全部
有的人交游四海，依然是一纸苍白
有的人偏处一隅，却可以满目锦绣

借着春风，打开被你守护的街巷
打开这横平竖直的册页
默读你的每一个脚印

就是默读你写下的隐忍诗行

好一部大书啊——
那潜藏于字里行间的春汛
一次次将我淹没
仿佛我从齐鲁大地赶来
就是为了向你内心的春天致敬
向你身后的繁花致敬

吕建江：四季的四种特写

蝈 蝈

春

春天，你穿着警服
在现实与虚拟之间行走
从一个人到一件事，把点点滴滴
都化为有序生长的花儿
不信你听，有春苗拔节的声音
有花瓣舞蹈的声音
有万物在社区里奏鸣的声音
这轻盈醇厚的交响
是爱与情的融合、执着与坚守的汇聚
是涓涓细流汇成的大海

吕哥，你是胸怀人世的一片海
你在这里，
春天就在质朴的微笑中蔓延
庄里暴雪的记忆就会更轻一些
微笑也会传染
你和我们打着招呼
就像春风在这片土地上播撒
亲人啊，
春天多么神气，因了你的热爱

夏

夏天，你穿着警服
在烈日下明亮的星花也带着温度
这时候，你不增添炎热
你用微笑的热度
换来整个夏天的清凉
走街串巷任凭风吹日晒，你的心里
装着万家灯火
家长里短，有条有理梳理顺当
清风明月，一丝一缕送给乡亲
夏天也会非常迷人——
听吕哥叨叨，
心里是暖的，身上是凉爽的

一天天的日子是平安的
那些石头，也能在夏天不再烫人
每个街区都灯火有序
点灯说话，
就是为了让夏天的叨叨
传递人世的温暖
"汗水湿透衣服不算什么，
只要能让这炎夏清凉，大地平安！"
只要大地平安
夏天就是迷人的
吕哥，就是此刻制造清凉的人
你的微笑，就是解药

秋

秋天，你穿着警服
多么像一棵笔直行走的树
是的吕哥，你就是钢筋水泥丛林里
这棵生机勃勃的树
让雪一般的丛林，渐渐被温和的绿融化
孩子们路过警务站
都会亲切地把它称作"小房子"
吕哥就是那个"穿警服的叔叔"，
会讲警察抓小偷的故事

有事儿了，直接去找"小房子"

这是一棵树，在希望的原野上微笑

纵然把根扎进铁一样的时光里

也要把微笑带进土里

那些纷纷落下的叶子，分明就是你

欣慰的笑声，它们回到泥土

像书签一般

藏在你的故事里，每当翻开秋天的书册

你就在某一页上

站成一棵，微笑的树

冬

冬天，你穿着警服

四季轮转，我们没有见过你

不穿警服的模样。你平时连一件

像样的衣服都舍不得买

说警服最好看了

可你，却把有限的工资全部投入到

无限的忠诚里去，黄手环，

移车卡，网上警务室……

你的生命为遍播希望而生，当冬天在孕育

当冬麦悄悄努力，当冀中平原开始暗潮奔涌

你却在冬天悄然离去

我们的不舍是失去了亲人、战友和兄弟
你的不舍,是小张的事儿还没办结
是小李的事儿才刚有眉目……
是冬天收藏了你,要让寒冷之中
绽放光芒
是冬天解救了我们,自此懂得热爱
我原谅了冬天,就让它
好好珍藏着你吧,吕哥,今后所有的冬天
都将被永恒的爱心点燃

和老吕叨叨几句
——致敬"时代楷模"吕建江

李国强

一次次被你的事迹感动
一次次被你的精神感染
一直想为你写首诗
可我一时却不知道
应当如何下笔
因为
我不知道该如何称呼你
是吕哥、吕叔、吕村长
还是吕警官、吕主任
还是直接叫你小吕、老吕
对了,在微博、微信上
你还有一个更响亮的名字

叫老吕叨叨

那么，在这里

我也给你叨叨几句

我想

从你当上警察的那天起

或者说

从你当兵、从你入党的那天起

你就已经是一个不同寻常的你

你由一个山里娃

成长为一个优秀士兵

你由一个优秀士兵

成长为一名优秀军医

你由一名优秀军医

成长为一名优秀警察

你由一名优秀警察

成长为一名优秀共产党员

你由一名优秀共产党员

成长为公安英模、时代楷模

成长，成长，不断地成长

进步，进步，不停地进步

一枚枚奖章挂在你的胸前

一项项荣誉落在你的身上

一面面锦旗悬在你的警务室里

还有更多更多的老百姓对你的爱戴
藏在他们各自的心里

老百姓们都知道，战友们也都知道
那一枚枚的奖章
是你用忠诚浇灌出来的
那一项项的荣誉
是你用信念凝练出来的
那一面面的锦旗
是你用奉献编织出来的
还有那老百姓们对你的爱戴、敬仰
是你用亲民爱民的一腔热血
是你用无数个辛苦操劳的日日夜夜
是你用宝贵的生命赢得的、换来的
尽管，你的内心
并不看重，也并不在意
这些奖章、荣誉、锦旗
但这一切，又都确确实实
是你应该得到的
是你应当拥有的
这也是人民、是党
应该给你的荣誉和奖励

你说

群众利益无小事

群众哪里不满意

我们就在哪里下力气

当一个社区警察

就是要为群众

解难事办实事做好事

是的，在你的工作日程上

没有上班、下班的概念

你为群众做的

也都是一点一滴的屑碎小事

你天天网上网下叨叨个不停

也都是为了群众的切身利益

但是，你为人民群众做的这一切

人民群众永远不会忘记

因为，只是因为

你把人民的事放在心上

人民才会把你扛在肩上

你心里始终有人民

人民才会把你永远记在心里

是你，用亲人一样的微笑和话语

温暖了你身边的人

如同春风化雨寒夜送衣

是你，用一步一步的实际行动

丈量出平凡与崇高的距离
是你，用忠诚与担当的奉献精神
诠释出生命真正的意义
也正是在这个意义上
你，无愧于时代楷模
你，无愧于养育你的燕赵大地
你，无愧于共产党员这个光荣称号
你，无愧于人民警察的崇高荣誉

"时代楷模"吕建江

今夜你将满天的星星点亮

徐国志

2017年12月1日凌晨,吕建江同志因心脏病突发,不幸病逝,年仅47岁……

这一夜,不!是凌晨三时开始
你以一颗流星的加速度
分分秒秒地燃烧自己
石家庄的夜空被灼伤
和平医院因为一颗心脏停止跳动
陷入真空一样的寂静
这是华北平原冬天的凌晨
黑夜睡着了星星醒着
土地睡着了麦苗醒着
城市睡着了省会醒着

街道睡着了路灯醒着
24小时不休息的你睡着了
战友们醒着

安建桥综合警务服务站更名为"吕建江综合警务服务站",每周一上班的第一件事是点名,点的第一个人是吕建江,战友们齐声答:到!

我在想风摘落的第一片叶子
雪花覆盖的第一棵麦苗
想春风唤醒的第一粒芽孢
想阳光奔跑的方向
想阳光摁下的第一个影子
想人类发出的第一声呼唤
现在,战友啊!我只想你
想你的第一个网上警务室
第一个实名认证微博
第一个失物招领网、微信公众号、挪车卡
想你公示所有的联系方式
承诺24小时开机
全天候接听群众来电

你是做"5+2"、"白+黑"
时空里群众需要的事情

不论分内分外

没有该与不该

跨越辖区里外

"老吕叨叨"成为群众贴心的品牌

服务站是路口的指示灯

是冬天的暖阳夏日的荫凉

是雾霾里的一缕清风

是战友们永远的班长

　　吕建江担任留村社区民警，走访群众时，挎包里放着做军医时的"听诊器"和"血压计"。

你的挎包有贴近群众的"两宝"

你的视野有老人走失后家人的焦急

有塞车和车辆无处停放车主的苦闷赌气

你的心里装满现实和虚拟空间能做到的帮助

因为你，群众爱来警务站坐坐

小学生结队送来亲手制作的慰问卡

远近的司机都来这里处理违章

社区和加油站的人总来讨个主意

你不是超人是在尽警察的初心

你不是太阳却在做阳光和春风的事情
人们向往春天一样把你留住在心里
人民记住了张思德、雷锋、焦裕禄、黄大年
在比天空还广阔的胸膛
一样镌刻了大写的吕建江

　　2013年5月4日20时33分,一名网友在新浪微博发帖求助:"家人因腹痛休克,正在赶往石家庄,请教到省四院的最佳路线。"吕建江主动与网友联系,引领救护车快速到达医院,病人成功脱险。一段正常行驶需要二十多分钟的路程,仅仅用了五分钟。

这不是五分钟三百秒
每一秒都如炸弹的引信连接生死
你像指挥这场战役的大将军
在网络、国道、电台上发号施令

人命关天啊这就是天大的事情
在时间的轨道上和死神赛跑
微博网络是你的沙盘
爱心是你的制胜法宝

　　2004年前后,丁忠光和爱人双双下岗,非常困难。吕建江主动给村里做工作,在村市场给丁忠光划出一个摊位。

这是更浓厚的亲情
让人想起了沂蒙山
想起"送最后一个儿子上战场"

这里没有硝烟不是血与火的战场
可这里依旧是鱼儿与水是舟与江河
是党和人民群众的水乳交融
我看见了春风吹拂杨柳的温暖
我听见了种子在人民心中蓬勃发声

在留村社区采访时,一名叫宫俊英的大嫂,哭着说:吕建江是个大好人,我还欠他一声"谢谢"!

一声谢谢存在心里太久了
像是深入泥土里的根须
想对阳光展露茂盛的叶子
想对春风传播一路芬芳

有一种温暖如春回大地
有一种细雨是润物无声
有一种泪水源于感激
有一种遗憾因为今生无缘再会
留村的群众说你怎么没招呼就走了
还有一声"谢谢"!没有说出口

留村小学的任艳丽老师说，吕建江不再担任法制副校长后，学生们总问："那个给我们上课的警察叔叔哪儿去啦？"得知吕建江是调到安建桥警务站工作后，学生们去警务站看他，带去了自制的慰问卡。

那是一片芳草地
干净得能听见每一片叶子生长
听见雨滴的脚步和阳光的声响
听见蜜蜂的翅膀碰撞花瓣
种子在花房里集聚营养

那是大地上的小树林
每一棵树苗都是未来之材
修枝打叶施肥浇水
你是啄木鸟一样的园丁
在树林四周警惕地守望

"时代楷模"吕建江

春天，在石家庄喊一个警察的名字

许 敏

你的名字很多：片警吕建江
石门叨叨警、吕村长
老吕叨叨、吕哥、吕叔
不下班的民警、网上雷锋……
每一个名字，都与普通百姓
挽得那么紧，贴得这么亲
每一个名字，都是斩邪的利器
扶危济困的明灯
每一个名字，都是春天的代名词
不倦的笑容，朴素的给予
每一个名字都是黑夜里高举的火把
寒冬里暖心的警徽

坐十二个小时的火车

奔赴石家庄，来找寻

你名字的注释：没有豪言

都是些平凡的话语

在留村，在安建桥警务站

无论入户走访，还是徒步夜巡

东家叮咛，西家嘱咐

你老吕叨叨不厌其烦

那么多的琐屑、庸常、卑微

被你一双刚劲的手提升

春天，因此而开阔

而浩荡，澄明，温暖，芬芳四溢

也许，只有追寻你生命的轨迹

才能掀开你内心的波澜壮阔：

你创办了河北公安史上

第一个实名网上警务室

成了名副其实"白加黑"、"5+2"的警察

你自掏腰包创建了第一个警方公益网站

——失物招领网，爱心闪烁，此起彼应

第一个民警实名微博

第一个民警微信公众平台

让你解疑无疆界，服务零距离

你自制了保护隐私的挪车卡

防老人走失的黄手环,
一腔热血,一片琴心,一副柔肠

安建桥警务站外的垂丝海棠
灿如云霞——
像你初恋时的爱人
也像你大学刚毕业的女儿
那个有一个半小时车程的支沙口村
有你患心脏病的三叔
和五谷里牵挂的乡亲
清明冷雨,一树树海棠惆怅,披戴星光
唯思念不时缠绕,警务站你的黑镜框前
有数不清的市民、网友
自发送来菊花祭奠
留言簿上是斑斑的泪滴
和一声声撕心裂肺的呼唤

春天,穿过你内心的光芒
在感动中喊你的名字
在城市的街巷里喊,在大山的皱褶里喊
在网上喊,用手机喊,用键盘喊
喊痛了多少朵春花多少场秋雨
喊痛了多少栋楼房多少条街道
喊痛了西安来石家庄落户的小伙儿

喊痛了高速路上从广平来就医的病人家属
喊痛了你凌晨救下的轻生姑娘
喊痛了你帮助找到的失散四十多年的战友
喊痛了留村里里外外的拆迁户
喊痛了一次次的期盼一场场的救助

春天，在石家庄喊你的名字
信仰与力量的甘泉，就会注入心田：
"咱为老百姓做点儿实事儿，不就是
咱警察的价值所在嘛！"
"利用网络平台，可以让我
为百姓服务的腿脚和手臂无限延伸。"
朴厚或博大，抑或更为深刻的主题
被你诠释成一颗露珠，一枚花瓣
一株青草的气息，热烈而坚定
直到轰然倒下，迸射出夺目的光焰
留下深深浅浅的脚印，让风吟诵，让雨阅读

春天，在一树海棠花的枝头喊你的名字
那种澎湃与绚烂如壮美的落日
大爱无疆！一种巨大的轰鸣震撼着我
党旗与警徽，高于雪山的豪情
低于屋檐的幸福，你全都深刻体会
这样的夜晚，一个来自远方的警察诗人

面对万家灯火，心事浩茫
难以入眠。我想从时光里
萃取你的初心，采撷你的坚韧
你的纪念碑正缓缓散发无言的教诲
而你永逝的背影正喷薄出日出与霞光

如极光绚丽中华大地

夏晓露

春暖花开,这已不仅仅是
美丽的意义。死而后已,重生
听到你的名字
又是四月芳菲时
吕建江——

雪落时,你正奋力盛开
春来时,已如春雨潇潇落下
湿透大江南北
汇聚成江河湖海
在一腔热血中沸腾

不知道我是不是来迟了

你在华北平原有茫茫白雪
我在南粤大地正绿色葱茏
该拿什么来祭奠你
我想捧一汪滔滔珠江送给你
才能配上你辽阔的名字
——吕建江

只有扛起洁白的云山
为你送行
才能托举你深沉的爱意
让我采摘南粤热土上
紫的杜鹃白的紫荆
还有如血的木棉
在白山黑水间
为你铺一条通往天堂的路
任鲜花盛开四季锦绣

我在冰冷的电脑
搜索到上下五千年多了一个
英雄,又一个警察好兄弟
——吕建江
苍穹之上多了一颗星星
仿佛诗意朦胧,纵言语也诉说不尽
灵魂里透着的春天与暖意

你的生命里

没有刀光剑影

却有披星戴月

没有拼死追杀

却有暖心唠叨

你用生命内核探索

什么叫水乳交融

什么叫侠骨柔肠

什么叫剑胆琴心

什么叫春—暖—花—开

当我们的灵与魂邂逅相遇

在安建桥在街角巷口

在天地在纷飞雨中

你步履匆匆，忽如一缕光亮

划破雨幕，一个穿警服的身影

如流星飞跃苍穹化作

一枚流动的平安符

当万籁俱寂之后

如烈火蓬蓬燃起灿烂无比

如极光绚丽中华大地

编后记

为深入宣传切实践行习近平总书记"对党忠诚、服务人民、执法公正、纪律严明"总要求的"时代楷模"、河北省石家庄市公安局安建桥综合警务服务站原主任吕建江同志的先进事迹，进一步弘扬公安英模精神，激励警心斗志，公安部宣传局、全国公安文联、河北省委宣传部、河北省公安厅等组织了一批反映吕建江同志先进事迹和崇高精神的文学作品，《光明日报》、《解放军报》、《法制日报》、《人民公安报》等媒体在头版头条刊发吕建江同志人物通讯，并配发评论。《人民日报》、新华社、《光明日报》、《中国日报》，及人民网、新华网、央视网、光明网、新浪、腾讯等媒体、网站，持续在重要版面、重点栏目、首页首屏集中报道吕建江同志先进事迹及引发的社会反响，全国公安新媒体矩阵上发布了一大批"抓人走心"的散文、

编后记

诗歌、漫画、MV、H5、短视频等新媒体作品。在媒体矩阵集群共鸣的深入宣传报道下,有力地弘扬了公安英模精神,传递了正能量。

伟大时代呼唤伟大精神,崇高事业需要榜样引领。为集中呈现并珍藏这些新闻、文学和新媒体作品,进一步掀起向"时代楷模"吕建江同志学习的热潮,公安部宣传局组织收集、整理了上述优秀作品,与中宣部《关于追授吕建江同志"时代楷模"称号的决定》、公安部《关于追授吕建江同志全国公安系统二级英雄模范的命令》等相关重要文件、讲话一起,汇集成册,并通过二维码技术,将新媒体作品整合在图书之中,使本书实现可读、可视、可听的多媒体互动效果。

我们希望本书成为各级公安机关和广大民警学习吕建江精神,把榜样力量转化为推动公安事业发展生动实践的鲜活教材;我们更希望通过本书将吕建江精神像丰碑一样永久地树立起来,既为致敬,更为传承!

编者
2018 年 5 月